猿神

太田忠司

幻冬舎

猿神

猿神＊目次

ブックデザイン　鈴木成一デザイン室
写真 ⓒ KOJI_KIDA/amanaimages（隈笹）＋GettyImages-674491449（廃工場）

猿神

プロローグ　その前に

喜里《きさと》工業団地はS県北部整備計画に基づき、昭和五十二年（一九七七年）に開発の基本計画が決定された。その計画範囲は喜里町陣屋《じんや》西部から猿神《さるがみ》にかけての約百五十ヘクタールを対象とするものであった。

土木工事施工主体である県企業局から県教育委員会に開発計画の通知があったとき、問題となったのは陣屋周辺の遺跡群だった。その名のとおり陣屋西部には江戸時代に多田《ただ》藩の陣屋があり、それ以前にも住居があったことから遺跡が複数発見されていた。そのためあらためて調査が必要とされ、五十二年六月から発掘を実施、詳細な記録が残されることとなった。

一方、隣接する猿神地区についてはそうした調査の要不要が審議されることさえなかった。なだらかな斜面が続く猿神は隈笹《くまざさ》が一面に密生するだけの土地で、歴史上そこに人が住居を構えた記録はなかったからだ。

十ヘクタールに満たないその地がなぜ猿神と呼ばれていたのか、陣屋の隣地であったのになぜこれまで人が住まなかったのか、明確に答えられる者は郷土史家にもいなかった。古い文献を漁っても猿神についての記述は一切なかったからだ。喜里の住民であの地を猿神と呼ぶことを知っている者さえ、ごくわずかだった。そこはただ「笹っ原」と呼び習わされていた。

笹っ原——その名はしかし、喜里町民にとってはいくらか暗い記憶を呼び起こすものだった。

笹っ原には行くな。子供の頃に年寄りからそう注意された者は少なくない。理由は言われない。ただ「行くな」と言われるだけだ。

当然その言いつけを守らず——あるいは言われたからこそ——笹っ原に遊びに出かける子供はいた。だが行ってみてもそこは笹が生い繁るだけの何もない土地だった。遊ぼうにも笹笛を吹くくらいのことしかできないし、下手に歩き回ると笹の葉に切られて手足が傷だらけになった。

笹っ原に長くいると、なんとなく気持ちが変になる、と言う子供もいた。なんだか心がざわざわして、怖くなってくる。ずっとここにはいられなくなる。

結局逃げ帰ってきた子供が奇妙な体験を話すと、年寄りはいつも頷《うなず》いて言った。

そうだ。あそこは、そういう場所だ。だから行くな。

笹っ原が工事で潰されると聞いたとき、喜里の住人のうち何人かは、そのときのざわざわとした気持ちを思い出した。そしてあそこに人の手が入ることに、なんとなくだが危惧を覚えた。禁忌《きんき》というほどではないが、あそこに手を付けるのは気持ちの良いことではなかった。とはいえ、反対を口にするほどでもない。ただ黙って、そのことは忘れた。

昭和五十四年（一九七九年）、造成工事が開始された。ブルドーザーが猿神に入り、隈笹は鉄の爪によって根こそぎ掘り返された。

その爪が笹と一緒に地面から掘り出したものがあった。腐った木片と、石で作られた像だった。

石像は稚拙な作りのものだった。ほぼ筋彫《すじぼ》りで人とも獣ともつかないものが刻まれていた。直径二十センチほどの歪《いびつ》な筒形で、高さは五十センチ近くあった。それは地面に突き刺すように地中に埋められていた。

周囲にあった木片は石像のまわりにあった祠《ほこら》の名残だった。隈笹の中に埋もれ、長い年月を誰にも見つかることなく、その場に在った。郷土史にも記述はなく、説話の類も残されていなかった。

ブルドーザーの運転手も気付かないまま、石像は掘り起こされ、その爪で真っぷたつに折られた。

その瞬間、晴天にもかかわらず空に雷鳴のような音が響き渡ったのだが、ブルドーザーの振動と騒音に紛れて運転手はその音を認識しなかった。

こうして猿神の地は均《なら》され、広大な敷地が造成された。そこに嵯峨野《さがの》精機喜里工場、飯《いい》野《の》電気喜里工場、水上《みなかみ》ゴム喜里製作所など、七つの工場が建設され稼働を始めるのに、更に三年の月日がかかった。

それぞれの工場で働く者たちは誰ひとりとして、そこに何が在ったのか知らなかった。

ただ工場内の芝生地に雑草と共に生えてくる笹の処理に悩まされるだけだった。

その日までは。

二〇一七年　夏

ノンアルコールとはいえ、ビールを飲むのは久しぶりだった。一気に三分の一ほど流し込み、水滴の付いたグラスを置く。冷たい感触が喉と指に残った。

塚田《つかだ》市郎《いちろう》は自分に飲むことを勧めた相手に眼を向けた。あちらは本物のビールを飲んでいる。白いテーブルクロスが掛けられたテーブルを挟んで向かい合っているのがなんだか滑稽に思えて、思わず笑ってしまった。

「何かおかしいですか」

すかさず尋ねられる。

「いや……またこんなふうにして一緒に飲む日が来るとは、思いもしなかった」

「たしかに」

相手も微笑《ほほえ》んだ。「最後に一緒にお酒を飲んだのは、誰かさんの送別会でしたっけ」

「長尾《ながお》君だ。本社に行った」

「ああ、そうでした……それにしても、いい景色ですね」

話題を逸《そ》らされたなと思いながら、塚田も視線を移す。五十二階の窓からは、この町のビル群が一望できた。

「ここも、変わったよ」

塚田は言った。「引っ越してきてすぐ駅ビルは建て替えられたし、隣にこんな大きなビルもできた。あの頃とは風景が全然違う」

「塚田さんも私も、すっかり変わってしまった」

「そりゃしかたないよ。もう三十年近く経ってるんだから。俺もすっかり爺《じい》さんだ」

「お孫さん、いるんですか」

「いや、まだ息子は結婚してない。するかどうかもわからないな。最近の子は結婚に消極的らしいから」

「それも変わったことですね。あの頃はまだ、男でも三十歳過ぎると『どうして結婚しないんだ？』と訊かれたりしましたから」

「米田《よねだ》さんのことか」

「ああ、あのひと。いろいろ言われてましたよね。もしかしたらゲイなんじゃないかとか」

「そんなこと言ってる奴がいたのか。ひどいな」

「あの時代はまだ、セクハラという言葉も広まってませんでしたから」

料理が目の前に運ばれてきた。くらげに叉焼《チャーシュー》に蒸し鶏の前菜。続いてフカヒレのスープ。そして北京ダック。

「なかなか豪勢なメニューだ。美味いよ」

塚田は言った。「しかし高そうだな」

「値段のことは、今日は言わないでください。興が削がれます」

「悪かった。しかし、そろそろ興を削ぐようなことを言うんじゃないのか」

「それはもう少し料理が進んでからにしましょう。もう一杯いかがですか」

「じゃあ、烏龍茶にするよ」

その後も豪勢な料理が次々と出てきた。車海老のエビチリ、鮑《あわび》の姿煮、牛肉のカキソース炒め。食べながら塚田はこのコース料理を一万円前後と推測した。かなり奮発したようだ。

それだけに、これからされる話が気になった。

デザートの杏仁《あんにん》豆腐が終わり、熱い烏龍茶が供される。それを一口啜《すす》ると、塚田は言った。

「そろそろ話してくれてもいいだろう？」

「そうですね。じゃあ」

相手は居住まいを正す。

「メールでお話ししたとおり、私は今、ライターの仕事をしています」

「知っているよ。あのメールで教えてもらった、君が出した本というのを読んだよ。『生き残りたかったらライフサイエンスを学べ』だったかな。なかなか興味深い内容だった。新聞の広告でも『10万部突破！』とか派手に宣伝されてたね」

「恐縮です」

「君がライフサイエンスの分野にあれほど詳しいとは知らなかった」

「飯野電気を辞めてから勉強しました」

「このペンネームも、君にふさわしいな」

「あの話、覚えていてくださったんですね」

「印象深かったからね。ネットで調べてみたところ夢乃《ゆめの》先生の本は他にもあるようだが、かなり手広くやってるようだな」

「他に料理やペットについての本も書いてます」

「ライフサイエンスと料理やペットの話は、どう繋がるんだ？」

「繋がりません。得意分野がひとつだけじゃ食べていけない業界なんで手広くやってます。昨日は紫蘇《しそ》の葉の美味しい食べかたと夏に増える犬の病気についての記事を書きました。他にも芸能記事や嫁姑のトラブルについての記事も書いてます。まあ、何でも屋ってやつですね。その流れで今度は、バブルについて本を書くことになりました」

「バブル……あの時代のことか」

「はい。八〇年代前半の金融自由化を布石として一九八五年のプラザ合意後の超金融緩和政策によって日本は金に溺れるような狂乱の時代に入りました」

資料をそのまま読み上げるように、言った。

「地価と株価は信じられないくらいに上がり、高いものほど飛ぶように売れ、誰も彼もが財テクに走り、ワンレンボディコンの女たちがジュリアナで踊り狂った」

「ジュリアナ東京ができたのはバブルが過ぎた後だ」

すかさず訂正を入れる。

「ああ、そうでした。テレビでバブルというとすぐにジュリアナでのダンスシーンを流すから、うっかり刷り込まれているようです。とにかく、浮かれた時代というのがバブル期の日本に対するパブリックイメージでしょう。でも、私たちはどうでした？　あの時代を過ごしたはずの私たちは、そんな華やかな生活を送れましたか」

「いや」

塚田は即答した。「あんなの、テレビの中だけの幻想だと思ってたよ」

「私もです。だから、そうでなかったバブルの話を書きたいんです。自分が実際に経験したあの時代の話を。となれば」

視線が、強くなった。

「当然、あの話も書かないわけにはいかない」

やはりか、と塚田は思った。バブル云々《うんぬん》と言いだしたときに、予期はしていた。自分にその話をするということは、あのことについて語れということだと。

「塚田さんに教えてほしいんです。あのとき本当は何があったのか」

「君も知っているとおりのことだ。新聞にも書かれた。事故だったんだ」

「いいえ、そうは思いません。塚田さんだってあれを見たはずです。あんなの事故なわけがない。あんな……」

言葉が途切れる。唇を噛んでいるようだ。

「気持ちはわからないでもない」

塚田は穏やかに語りかけた。

「あの件ではみんな、ショックを受けた。でもみんな、乗り越えてきたはずだ」

「みんなじゃありません。私のことです」

強い口調だった。「私は乗り越えてなんかいません。今でも、あのときのあの場所にいます。何もわからないまま、ただ茫然としています。三十年間、ずっとそうなんです。もういいかげん、けりをつけたいんです」

「それが君の目的なのか。バブルについて書くというのは口実か」

「いいえ、書くのは事実です。でも仕事として書くだけでなく、自分を納得させるために真実が知りたいんです。教えてください」

強い視線に捉えられ、塚田は身動《みじろ》ぎもできなかった。少し間を置いて、言った。

「多分きっと、信じてはもらえない」

「信じる信じないは、聞いてから判断します」

即座に言葉を返された。

「……わかった」

そう言ってから、塚田は自分の気持ちに気付いた。自分も誰かにあのことを話したかったのだ。洗いざらいぶちまけたかったのだ。

「じゃあ、話そう」

そう前置きして、彼は語りはじめた。

一九八九年　春

1

耳障《みみざわ》りな音を立てて射出成形機が動く。金型が開き、成形されたアクリル製の試作品をピンが押し出した。テールランプのレンズだ。

軍手を嵌《は》めた徳井《とくい》がポケットに落ちた製品を拾い上げ、塚田に渡す。素手で持つにはまだ熱い。そっと端を持ち、天井の光を反射させてみた。

縦長の蛍光灯が表面に映し出される。一カ所だけ歪んで見えた。その部分に凹《へこ》みがあるのだ。

「まだだ。まだ凹《ヒケ》みがある」

塚田は言った。

徳井は彼の手から試作品を少し乱暴に取り上げると、自分でも表面の歪みを確認した。

「これくらいいいじゃん。全然ＯＫでしょ」

「駄目だよ。アスカの要求レベルに達していない。これじゃＯＫ出ないな」

「どうして？　これまでの量産品なら文句なく流してるじゃんか」

徳井は食い下がる。もう二時間も付き合わされているのだ。いいかげん疲れているのだろう。塚田も疲労を感じていたが、ここで安易に妥協してしまっては、後々とても困ることになる。

「会議でも話があっただろ。このＳＢ９《ナイン》はアスカがフラッグシップモデルとして開発している車なんだ」

ＳＢ９というのは開発時のコードネームだ。実際は別の名前が付けられて市場に出るのだが、新車の名前はトップシークレットで、部品製造を担当している飯野電気の人間も誰ひとりとして知らされていない。

塚田は続けた。

「そういうわけだから、部品ひとつひとつがこれまでの品質を超えていかなきゃならないんだ」

「ショールーム品質ってやつか」

皮肉っぽく言う徳井に、塚田が我慢強く言葉を返した。

「そうだ。アスカは本気だ。SB9を売るためにディーラーから変えていく計画を立ててる。銀座にお洒落《しゃれ》なショールームを作って、そこで高級服や宝飾品みたいに車を飾って売るそうだ。車は四方八方から照明を当てられて、隅々まで照らしだされる。その照明が歪んで映るような製品じゃ駄目なんだ」

話しながら塚田は内心うんざりしていた。すべては営業の、つまりは得意先であるアスカからの言葉を繰り返しているだけだ。それでも言わなければならない。

「このテールランプは車のリアビューのポイントだ。一番目立つ。客の視線も集まる。照明が歪んで映っちゃいけないんだ」

「だったら構造から変えてくれなきゃ。こんなに厚みがあったら、冷えたときに樹脂が収縮してヒケができるのは当然だろ」

「デザインは今更変えられない。それにこのデザインでも求められる品質のものはできると、うちは言ってしまっている」

「そう言ったのは設計と営業の連中だろうが。俺たち現場は認めてないぞ」

徳井の語調が剣呑《けんのん》になる。機嫌を損ねては厄介だ。同期入社で仲は悪いほうではないが、徳井の所属する生産技術課と塚田の品質管理課は何かと悶着《もんちゃく》を起こしやすい。ここで揉《も》めると後々まで影響が出る。

「たしかに本社の連中は現場のことがわかってないかもしれない。でも、だからって匙《さじ》を投げるわけにもいかない。もう少し頑張ってくれないか。アスカに『うちはこれが限界です』と言えるものを渡したい。もっと品質を上げられる方法はないかな？」

口調を和らげ、お伺いを立てるように訊いた。

「アクリルの射出圧をもう少し上げられるかもしれん。ただ上げすぎるとはみ出し《バリ》が出る。そうなったら逆効果だ」

「そうだな。量産で可能な範囲内で圧を上げてみてくれないか」

「金型を開く時間をもう少し延ばしてもいい。でもそれも生産性を下げないレベルでやらないと」

「やってみてくれ」

それから三十分、成形の条件を変えながらいくつか試作をしてみた。塚田はその間、出来上がった試作品を見極めることしかできなかった。

「これが限界だ」

徳井が一枚の成形品を差し出す。塚田は同じように蛍光灯の明かりを表面に映してみた。完璧ではない。しかしこれまでのに比べると歪みは小さかった。

彼も疲れていた。

「……よし、これでいこう」

「本当にいいんだな？」

徳井が念を押す。

「ああ、今回はこれでアスカにお伺いを立ててみる」

「じゃあ」

と、徳井は試作品の問題となっている箇所を白のダーマトグラフで丸く囲み、塚田に差し出した。

「サインくれ。品管がOK出したって証拠に」

一瞬、塚田は躊躇《ちゅうちょ》する。これが得意先でNGを食らったらOKを出した自分の責任を問われることになるからだ。しかし内心の躊躇《ためら》いは隠し、自分の名前と今日の日付——一九八九年四月八日——を書き込んだ。

受け取った徳井が少し笑みを浮かべる。

「昨日の日付だ」

「え？」

腕時計を見た。たしかに午前零時を過ぎていた。

「もう日曜か」

「休日出勤ご苦労さまだな、お互い。成形は三十枚でよかったな？」

「ああ」

「できたら持ってく。おまえはまだ別に仕事があるんだろ？」

「わかった。頼む」

そう言って成形機から離れた。

飯野電気喜里工場は一階フロアに成形、表面処理、組立のコーナーがある。深夜なのにどこも稼働していた。機械が大きな音を立て、作業員が手を動かしている。

飯野電気は自動車電装品、特に照明部品のメーカーとしては大手企業だった。東京に本社を置き、国内に四カ所の工場を持ち、他にアメリカとタイでも工場を稼働させている。資本金は二百五億円。全従業員は三千七百名。そのうち喜里工場では八百九十七名が働いている。

現在、現場は三交替制で二十四時間休むことなく生産していた。

前はこんなではなかったのにな、と塚田は思う。大卒で入社した一九八二年頃はまだ、工場も深夜までは動いていなかった。その年の自動車販売台数は五百二十六万台と聞いた。それが去年、一九八八年は六百七十二万台だった。今年はもっと多くなって七百万台を超えると言われている。信じられない数字だ。これまでのやりかたでは到底追いつけないだろう。だからこそ今、俺たちはこんなに働いているのだ。階段を上がりながら、ふと溜息をつく。

品質管理課の部屋には三人いた。

「どうだった？」

上司の中本《なかもと》係長が尋ねてきた。将棋の駒のように角張った顔。髪を短く刈り上げ、張り出した耳を誇張しているように見える。顔付きは柔和だが、声は少々甲高い。作業服のポケットにペンを五本並べて差している。

「これが限度です」

塚田はサンプルの成形品を差し出した。中本はそれを受け取り、部屋の蛍光灯を映し出してみる。そのまましばらく無言だった。

塚田は内心ひやひやしていた。ここで中本が駄目を出したら、もう一度徳井とやり合わなければならなくなる。先程ＯＫを出しただけに、すべては自分の責任になってしまうだろう。胃が収縮するような感覚が襲ってきた。

「……本当にこれが限界？」

中本が言った。

「はい。樹脂の温度も射出圧も金型内放置時間も、いろいろ試してみましたけど、量産を前提にするとこれ以上は無理でした」

「断言できる?」

部下を試すように質問を重ねる。それが中本のいつものやりかただった。塚田は言った。

「できます」

「……そうか」

やっと中本が笑みを見せた。

「頑張ったな塚《つか》っちゃん」

「いえ、頑張ったのは徳井です」

安堵で頬が緩《ゆる》みそうになるのを堪《こら》えながら、塚田は答える。

「そうか。徳井ちゃんもできるようになったもんだ。それで、いつ揃う?」

「三十分もすれば成形できると思います」

「他の部品は揃ってる?」

「まだ反射板《リフレクタ》が来てません。でも資材に訊いたら明日の午前中には届くそうです」

「組立のほうは?」

「機械がまだなので手作りになりますけど、治具《じぐ》はあります。これで明日の試作はできます」

「それならなんとか――」

「ちょっと、それ見せて」

声が割り込んできた。

課長席の高村《たかむら》がこちらを見ていた。彫りの深い顔立ち。髪をきっちりと七三に分け、ポマードで固めている。目付きが鋭く、いつも睨《にら》みつけているような顔立ちのため、女子社員の間では「般若課長」という呼び名が流行っていた。

まずいな、と塚田は思った。しかし見せないわけにもいかない。成形品を高村に渡した。

高村はそれを蛍光灯に翳《かざ》し、むっつりとした表情で矯《た》めつ眇《すが》めつ眺め回した。

「塚田君、君、これでいいと思ってるの？」

眺めながら高村が言った。次にどんな言葉が返ってくるかわからないが、塚田は言った。

「いいと思います」

「どうして？　どうして、これでいいと思えるの？」

容赦のない問いかけに、塚田の胃が疼《うず》いた。

「……何度もトライした結果、これが最善だと判断したからです」

冷静を心がけながら、言う。

「ふうん……君はこれが最善だと思うんだな。このべこべこに歪んだ製品が」

縮こまった胃に鉛の塊を詰め込むような言葉だった。

「君はまだ、このＳＢ９が飯野電気にとってどういう意味を持つ製品なのか理解していないんじゃないかな？　アスカ自動車はこの車を欧州車と同水準の高級車として売り出そうとしているんだよ。大衆車メーカーというイメージを変えてベンツやＢＭＷと肩を並べる存在となるための重要な戦略車なんだ。そのためにはいかなる欠陥もあってはならない。そういう車の重要なパーツを請け負ってるんだよ。まさに社運を賭けた仕事なんだ。それなのに君は、こんな品質で安易に妥協しようというのかね？」

「でも――」

言いかけた塚田を中本が制した。

「仰《おつしや》ることはわかっています」

係長は言った。

「しかし、その部分はもともと肉厚なので、冷却するとヒケができることは設計段階でわかっていたはずです。その点は工場としても当初から指摘しています。だからこちらから限度サンプルを提出し、アスカ側から承認をもらおうという話になっています」

塚田が言いたかったことを、中本はより理性的な表現で上司に語った。

「だからといって、こんなレベルで承認をもらおうというのかね。飯野電気の品質はこんなものですよと言いたいのか」

高村は突っぱねる。

「いいか、これでしくじったら飯野は二度とアスカから仕事をもらえなくなるかもしれないんだぞ。やっと風見《かざみ》電機の牙城《がじよう》を崩して取引ができるようになったというのに、こんなことのためにそれが御破算になったりしたら、どう落とし前を付けるつもりなんだ?」

「しかし課長、本当に今はこれが精一杯なんです」

我慢しきれず、塚田は言った。

「そうじゃないだろ。前に見せてもらったのは、もっときれいだったぞ」

「あれは量産条件度外視で作ったほんとのサンプル品です」

「でも、やればできるんだろ?　今回の試作はあれでやればいいじゃないか」

「駄目です」

思わず塚田の声のトーンが上がった。

「あれを提出して、もしこのレベルで量産しろと言われたら、どうするんですか。生産コストも跳ね上がるし、そもそも生産数が間に合わなくなります」

「それを間に合わせるのが生産技術の仕事じゃないか。いいか、品管はコストとか納品とかを考えるな。品質を第一にしろ。安易に妥協するな」

無茶だ、と心の中で叫んだ。いくら品質第一だからって、コストも数も無視するなんて。

「課長、それはキツいですよ」

中本は笑みを滲《にじ》ませながら言った。

「工場全部を敵に回すつもりですか」

「品管とはそういう仕事だよ。ひとり流れに逆らってでも製品の品質を守る。それが本分だ」

高村は断言する。

「とにかく、もっといいものを作らせるんだ。いいね？」

そう言うと課長は席を立ち、部屋を出ていく。手洗いのようだ。

高村がいなくなるのを確認してから、塚田は足元のごみ箱を蹴り飛ばした。

「なんなんだ！　あれ、なんなんだ！」

「まあまあ」

中本が彼の肩を叩く。

「高村さんの意見も一理ある。俺たち品管は砦《とりで》だ。無理でも守らなきゃならないときがある」

「違いますよ。あれ、どう見たって保身でしょ？　自分がアスカにいい顔したいからでしょ？」

「こら、上司にそういうこと言うんじゃない」

今度は頭を軽く叩く。

「とにかく、もう少し見映えのいいものを成形してもらおう。あの生産性無視のレベルじゃなくても、もうちょっとだけいいものをな。高村さんだってああ言った以上、このままじゃ引っ込みがつかない。こっちももう少し頑張っていいものを用意して、高村さんにもちょっと妥協してもらおうや」

「でも……俺、もうこのレベルでいいって徳井に約束しちゃってますし……」

「俺も一緒に行って謝ってやるよ」

中本は言った。

「とにかくさ、頑張ってみよう」

頑張ってみよう、か。塚田は心の中でその言葉を繰り返す。これまで何回言われただろう。頑張ろう。頑張ってみよう。言われるまま頑張ってきた。それでも更に頑張らなければならないのか。一体、いつまで？

心の中で何かが軋《きし》む。本当にもう、厭《いや》だ。塚田は中本から視線を逸らした。彼の肩越しに部屋の窓が見える。夜の闇を映した窓ガラスは黒かった。

その闇を切るように、何かが横切った。

はっとする。まただ。

窓を注視する。もう同じことは起きなかった。

「どうした?」

「……あ、いえ」

中本に訊かれ、塚田は視線を戻す。

「行くぞ」

「……はい」

ふたりは部屋を出た。

2

痙攣《けいれん》のような衝撃を感じて、光川平次《みつかわへいじ》は眼を覚ました。

目覚まし時計が慌ただしく鳴っている。四月九日の七時三十分と表示されていた。

薄いカーテン越しに朝の光が社員寮の六畳の部屋に差している。その眩《まぶ》しさが彼の神経を刺激した。

「……くっそっ」

洩れ出た声は嗄《か》れている。半身を起こし、昨夜飲み残したコーラの缶を摑む。俯《うつぶ》せに寝たまま頭だけを上げて一口飲んだ。炭酸が抜けてぬるい甘さだけが舌の上を流れていく。

さっきのは何だ。まだはっきりとしない頭で考える。夢だったと思うが、内容はほとんど覚えていない。ただ、ひどく厭な気持ちにさせられた。何かに体の中を引っ搔き回されたような。何か唸り声のような音が響くような……。

起き上がった。シーツがずれ、素っ裸の全身が露《あらわ》になる。勃起している自分の性器がひどく無様《ぶざま》に見えた。

隣に眼をやる。恵里《えり》は俯せのまま眠っている。白い背中と尻が剝《む》き出しになっていた。その尻を軽く叩く。恵里は小さく声を洩らしたが、眼は開けなかった。

このまま突っ込んでやろうか。ふとそんな気が起きる。が、やめておいた。前にも寝ている間にやろうとしたら眼を覚ました彼女にひどく嫌がられ、しばらくはさせてくれなかった。なぜ恵里がそんなことで怒ったのかわからなかったが、トラブルは起こしたくない。特に気分の悪い朝には。

足元のノートに眼がいった。仕事で覚えておくべきことを書き留めるために使っているものだ。開いてみると、今日の試作の段取りが書いてあった。自分で書いたはずなのに、内容はまるで覚えていない。最後のところに殴り書きで気に入らない連中の名前も列挙しているが、それさえも記憶にない。

いつもそうだ。メモしろと言われて書いているだけで、頭には入らない。学校と同じだ。勉強なんて糞食《くそく》らえ。メモなんて糞食らえ。あいつらなんて、糞食らえだ。

壁に凭《もた》れて煙草を吸った。

厭だな、と思った。何もかも、厭だ。

「……みんな、ぶっ殺してやる」

くわえ煙草のまま、呟いた。

二本目の煙草を吸い終わった頃、恵里が眼を覚ました。

「……あれ……？」

自分のいるところがどこかわかっていないようだった。上半身を起こして光川を見つめ、眼をこすった。

「……そか、また泊まっちゃったんだ」

光川は答える代わりに煙を吹きかけた。

恵里は顔を顰《しか》めて煙を手で払うと、脱ぎ捨てていた下着を急いで身に着け、ジーンズを穿く。

「ミッちゃん今日、休日出勤だっけ?」

ポーチから取り出したブラシで髪を梳《と》かしながら、恵里が訊く。

「昼から」

そう答えて、三本目に火を付ける。

「試作だったよね。アスカの」

「部品が揃ってればな。昨日の話だとぎりぎりらしい」

「また時間かかりそう?」

「わかんねえよ。俺たち、言われたとおりに組立するだけだから」

「誰がまとめてるの?」

「おまえんとこの塚田」

「ああ、塚っちゃんか」

「最悪だろ」

「そうでもないんじゃない? 真面目だし」

「融通が利かない。あいつがまとめてる試作はいつも真夜中過ぎまでかかる」

「仕事をきちんとするタイプだからね。品管でも一番真面目に書類を出してくれるよ。だからわたしも事務処理がしやすいの」

「ああいうのが、いいのか」

言ってから、光川は嫉妬《しっと》している自分に気付いた。恵里が他の男のことを褒《ほ》めるのが気に入らない。

「冗談」

彼女は笑った。「わたし、大卒なんて嫌いだから」

「じゃあ……」

「ん?」

「……いや、何でもない」

言葉を濁《にご》す。本当は「じゃあ、俺が大卒だったら付き合ってなかったか」と訊こうとしたのだ。でも、訊いても意味がないと思った。大学なんて行こうと思ったこともない。いや、行きたかったとしても、行かせてもらえなかっただろう。

光川は四男だった。兄たちも高卒で働きはじめ、三人とも結婚して独立した。父親は最近腎臓の具合が悪化して、ほとんど働いていない。母親のパートもたいして賃金はもらえない。今の家計は光川が支えている。

そんな状況が、彼には耐えられなかった。自分の稼いだ金が、親とはいえ他人に使われるのは理不尽だと思う。だが表立って不満を洩らせば両親は「ここまで育ててもらったくせに」と言うに決まっている。

勝手に好きなことをして俺を産んだくせに、今更恩に着せるのか。そう思うと胸糞《むなくそ》が悪くなる。そもそも俺のことなんか気にもかけてなかったくせに。

着る服は兄貴たちのお下がりで、飯も好きなだけ食わせてはもらえなかった。いつも兄貴たちばかり優先して、末っ子の俺のことなんか、かまいもしなかった。子供の頃からの不満は池の底の泥のように堆積《たいせき》し、悪臭を放っている。

加えて今では、仕事に対する不満も溜まっていた。光川が所属しているブロックではアスカの車に取り付けるテールランプを製造しているのだが、彼が受け持たされているのは主にネジ留めの作業だった。ランプの中に小さな部品をセットし、電動ドライバーでネジを締め固定する。何百回も同じところに同じ部品を組み付けるだけ。納入数をクリアすると別の機種の組立が始まるが、やはり光川の仕事はネジ留めだった。毎日何千回もドライバーでネジを締め、ネジを締め、ネジを締める。一日中それを続け、明日も同じようにネジを締める。その繰り返しだ。

冗談じゃねえ。光川は無言の怒りを煙と一緒に吐き出す。俺はネジを締めるために生まれてきたのか。やっぱりみんな、ぶっ殺してやる。

「ねえ、新しい車、買うつもり？」

置きっぱなしにしていた車のカタログを見ながら、恵里が言った。

「もうすぐ車検だからな」

今乗っているマークⅡは免許を取ってすぐに買った。もちろん中古だ。今度は新車に乗りたい。それだけが今のところ、望みと言えるものだった。

そういや最近ドライブもしてないな、と光川は思う。車は寮と会社の行き来に使っているだけだった。往復一時間にも満たない味気ない運転だ。新しい車を買ったら、せめて一日ドライブに出かけたい。高速道路を時速百五十キロくらいでぶっ飛ばす。そうすれば少しは気分も――。

「何買うの？　シルビア？　シーマ？」

恵里の問いかけが夢想を壊した。むっとして訊き返す。

「どうして日産車なんだ？　飯野と取引してないから駄目に決まってるだろ」

「駄目じゃないんじゃない？　うちの駐車場にも日産の車、置いてあるよ」

「あれは出入り業者のだ」

取引のないメーカーの車に乗ることは、タブーというほどではないが快く思われない。メーカーは下請け会社に対して新車購入のノルマを課しているからだ。毎年、そのノルマを消化するのに総務課は結構苦労しているようで、社員は新車を購入する際、必ず届け出をすることになっている。そこで審査が行われ、取引メーカーの車を買うときには会社の紹介という形にさせられる。ノルマに関係ないメーカーの車を買うなどと言ったら、総務の人間が飛んできてねちねちと厭味を言われ、取引メーカーの車に変えろとしつこく迫られる。それで結局アスカや新光《しんこう》自動車の車を買うことになった者も多い。

「……いっそ、SB9買うかな」

光川は呟いた。

「駄目だよ。だって高いんでしょ？」

恵里が即座に否定する。

「高いのだと一千万くらいするって課長が言ってたよ。そんなの買ったら貯金できないじゃない」

「貯金なんて」

「一緒に貯めようって言ったでしょ。将来のことを考えてさ」

光川の胸に黒く硬いものが生じる。最近いつも彼を苛立《いらだ》たせているものだ。

将来のこと？　どうしておまえなんかにそんなことを言われなきゃならない？　付き合ってるだけで結婚の約束をしてるわけでもないのに、もう女房気取りしやがる。ふざけるな。

口に出したら、倍の言葉が返ってくるのはわかっていた。いっそ喧嘩して別れてしまうか。しかしそれもできない。この女に未練がある。まだしばらくは抱きたい。

いつだって我慢ばかりだ。子供の頃から、そして今も。いつまでこんなことが続くのだろう。光川は煙草を灰皿に押しつけた。もしかして、一生このままなのか。このままネジを締めながら歳を取っていくのか。

「……厭だな」

「何が？」

「歳を取ること」

「何言ってるの。まだ二十四のくせに」

恵里が笑った。

二十四か。随分と老けてしまったな。

「ねえ」

気が付くと、恵里の顔が間近にあった。

「もう帰るね」

「……ああ」

「仕事、頑張って」

「……ああ」

恵里が唇にキスをした。欲望がかすかに火を灯す。抱き寄せようとしたが、彼女はするりと身を翻《ひるがえ》した。

「じゃね」

ドアをそっと開け、外を窺ってから出ていった。

光川は新しい煙草に手を伸ばしかけて、やめた。立ち上がり、服を着る。

出勤する前に近所の喫茶店に行ってトーストでも食べようと、鍵と財布と煙草を持ってドアを開ける。

廊下に男がひとり立っていた。眼と眼が合う。寮長で同じ製造課の山岸《やまぎし》だった。

「おはようさん」

声をかけられた。光川は言葉にならない挨拶を返す。

「今日、休日出勤だったっけ?」

「……はい」

「ご苦労さん」

そう言ってから、彼は意味ありげな表情で、「でもさ、あれはちょっと考えたほうがいいな」

「…………」

「ここ、独身寮だからさ。女の子を連れ込むのは、ちょっとね」

一瞬、怒りが膨れ上がった。目の前にいる男のにやついた顔を殴りつけたいという衝動に駆られる。奥歯を嚙みしめて、それを堪えた。

「まあ、寮長としては見逃せないわけよ。わかるでしょ？」

「……はい、すいません」

それだけ言って山岸の脇を通り抜けた。

四月の空気は、まだ冷たかった。思いきり吸い込み、

「くっそっ！」

言葉と共に吐き出した。

「みんな、ぶっ殺してやる！」

全身に厭な感覚が走る。夢で体験した、あれに似ている。体の中を何かに引っ掻き回されているような、あの感じ。

うわん……うわん……。

頭の中にも変な音が響く。工場のコンプレッサーの音のようだ。それも苛立たしい。

何もかも壊してしまいたい。寮も、工場も、山岸も、恵里も、そして自分も。

そんな思いを持て余しながら、光川は坂を下った。

3

財布を開けるなり、氏家辰郎《うじいえたつろう》は顔を顰めた。小銭がない。長年の癖で一円玉や五円玉は財布から抜き出して身軽にしてしまうのだ。しかたなく千円札をレジに立つ店員に差し出した。

「ええと……カツ丼が六百円だから……ちょっと待ってね」

六十過ぎくらいの店員は覚束《おぼつか》ない手付きで電卓を叩く。

「……千円もらったから……ああ間違えた。ごめんね、まだ慣れなくてねえ」

言い訳しながら計算をやり直した。

「千円から六百十八円引いて……三百八十二円ね。はい」

手渡された硬貨を数えながら、氏家は言った。

「おばちゃん、レジスターを買い換えなよ。こんなんじゃ手間だろ」

「そうだねえ。でも、うちみたいな小さな店だと、そういうわけにもいかなくてねえ。ごめんねえ」

店員はすまなそうに頭を下げた。その卑屈な態度が癪《しゃく》に障って、更に小言を言いたくなった。が、後に精算を待っている客が並んでいる。氏家は舌打ちをするだけにして店を出た。

最近はどこでもこうだ。買い物が面倒でしかたない。

一週間前、四月一日から三パーセントの消費税が導入された。これまで切りのいい値段だったものが、どれも端数付きになってしまった。計算は面倒になり、一円玉のやりとりが増え、手間ばかりかかるようになった。

氏家は自分を経済に明るい人間だと思っている。だから直間比率の見直しについても理解し賛成していた。直接税である所得税や法人税を減らし、その分を間接税で賄うというのは理に適っている。去年の七月に竹下内閣が税制改革関連六法案を国会に提出したとき、消費税で負担が増えると不満を洩らしている同僚や部下たちに、この法案の正しさを滔々《とうとう》と弁じたくらいだ。十二月に法が成立したときには快哉を叫んだほどだった。

しかし、この面倒さは我慢ならない。何よりいけないのは、あの飯屋のように消費税導入への対応を怠っている店が多すぎることだ。どこもかしこも手間を取らされ苛立つ。

まったく、馬鹿ばかりだ。

心の中で愚痴《ぐち》を呟きながら、氏家は馴染みのパターゴルフ場に向かった。

来週は仕入れ先とのゴルフがある。最近何かと忙しく、クラブを握っていなかったので、勘を取り戻しておきたかった。

しかし思わぬことが起きた。

「氏家様、お宅からお電話がありました。至急会社の竹田《たけだ》様に電話をしてほしいとのことです」

ゴルフ場の受付でそう言われたとたん、胃のあたりが重くなった。たしか竹田は今日、休日出勤でSB9試作の材料を手配していたはずだ。多分何かトラブルがあって自宅に電話を入れ、ここに来ることを知っている妻が伝言したのだろう。

一瞬、このまま無視してしまおうかという考えが過《よぎ》る。どうせろくなことではない。せっかくの休みを台無しにされたくはなかった。俺は今日、クラブを握りたいんだ。

しかし無視することもできない。そんなことをすれば、明日また厄介なことになるかもしれない。SB9は飯野電気が総力を挙げて取り組んでいるプロジェクトだ。下手をしたら工場長、いや、取締役の機嫌を損ねかねない。

「くそっ」

怒りの言葉を呟き、受付の横にある公衆電話にテレホンカードを差し込んだ。

——はい、飯野電気喜里工場資材課です。

竹田の声だとすぐにわかった。

「俺だ。何かあったのか」

——あ、課長。お休みのところすみません。例のSB9の部品なんですが、神田《かんだ》精工のリフレクタだけがまだ届かないんです。

情けなさそうな声だった。

「神田は何と言ってる？」

そんなことくらいで電話してくるな、と怒鳴りたくなるのを堪えて、問い質した。

——プレス機の調整に手間取って時間がかかってると言ってます。形状が特殊だから難しいって。

「そんなことは最初からわかってるだろうが。今日の午前中にどうしても必要だと話してあるのか」

——何度も確認しました。でも……どうしましょうか。

「俺に——」

俺に訊くな、と言いかけて、

「いつできると言ってるんだ？」

――十一時半までかかるそうです。これはメッキ加工しなくていいほうなんで、そのまま直に持ってこれます。

腕時計を確認する。十一時五分過ぎ。神田精工からうちの工場まで車で飛ばしても二時間かかる。

「赤帽を手配しておけ。製品ができたらすぐに搬送できるように」

――いいんですか。

緊急搬送用に依頼する赤帽は、その分コストもかかる。工場長からは極力使わないようにとお達しがあり、それを部下たちにも通達したばかりだった。

「しかたないだろうが！」

氏家は思わず怒鳴った。

「みんなおまえのスケジュール管理がなってないから、こうなるんだぞ。それとも何か、今からおまえが神田精工まで行って部品を受け取ってくるか。行って帰るだけで四時間かかるぞ」

――それは――。

「だいたいおまえがいい加減だからこうなったんだろうが！　ちゃんと確認しておけと何度も言ったよな？　俺、ちゃんと言ったよな？」

――は、はい。だから確認をしたつもりですけど……。

「したつもり？　何だそれ？　したつもりで済むなら資材の仕事なんか要らねえぞ！　おまえ何年この仕事やってるんだ？」

――あ……二年、です。

「二年？　そんなにやってまだその程度か！　そんな手ぬるいやりかたでいいと思ってるのか！」

――すみません……。

消え入りそうな声で、竹田が謝ってきた。その情けなさが更に氏家の怒りを焚きつけた。

「おまえなあ、謝って済むなら警察も要らねえぞ！　もっとしっかりしろ！」

――……はい……くっ。

嗚咽《おえつ》のような声が聞こえた。大の男が泣いてるのか。情けない。

「とにかく、製造にはリフレクタが届くまで作れるところを作っておいてもらえ。今日は何個納入するんだ？」

――……十三セットです。

「それくらいなら組み付けにそう時間はかからんだろう。遅れることは謝っておいて、あとは部品が届くのを待て。いいな？」

――……はい。

「じゃ、切るぞ。泣かずに頑張れ」

そう言って受話器を置いた。

「……まったく、もう」

氏家は言葉を吐き出した。せっかくの休みだというのに、厭な思いをさせられた。使えない部下を持つと苦労ばかり続く。どうして最近の若い奴は、こうも使えないんだ。自分では何も決められず、上司の指示待ちしかできない。クズばかりだ。俺が新入社員だった頃は、もっとばりばり自分で考えて動いていたぞ。まったく、どうして馬鹿な連中ばかり相手にしなきゃならないんだ。部下だけじゃない。製造の奴らも生産技術や品質管理の奴らも、どうしようもない馬鹿ばかりだ。みんなで俺の足を引っ張ることしか考えてない。本当にいまいましい。

頭の中が怒声でいっぱいになり、くらくらしてきた。足許《あしもと》がふらつく。公衆電話の横に置かれているソファに腰を下ろし、頭を抱えた。最近よく、こんなふうになる。苛立ちが増して体中が黒いもので覆われたようになり、身動きができなくなるのだ。そして、あれが聞こえてくる。

うわん……うわん……。

耳鳴りがした。まるで海中に潜っているかのようだった。眼を閉じていると、その音がだんだん大きくなっていくのを感じる。

うわんうわんうわんうわんうわん……。

「大丈夫ですか」

声をかけられ、眼を開ける。視界がぼんやりとしていて、焦点も合わない。が、声の主が受付の女性であることはわかった。

「ああ……大丈夫だ」

そう言って立ち上がる。少しふらついた。

どうする、今日はやめておくか。いや、こんなことでやめるのは癪だ。そう自問自答して歩きだした。

その日のスコアは、最悪だった。

4

昭和天皇が崩御《ほうぎょ》して三ヶ月、まだ「平成」という新しい年号にも慣れないでいるうちに、世の中は刻々と移り変わっていった。

前年に発覚したリクルートによる未公開株譲渡事件では政界の大物たちが次々と糾弾《きゅうだん》されない、竹下内閣の支持率は二桁を割りそうな体たらくとなっていた。

それでも全体的には楽観的な空気が流れていた。前年末に三万円を突破した日経平均株価が天皇療養中の自粛ムードが収まったせいか更に上昇し、四月に入って三万三千円を超えていたからだ。一部には「このような状況がいつまでも続くとは思えない。いつかしっぺ返しが来るはずだ」と懸念を示す者もいたが、世間に漂う浮かれた気分を払拭するほどではなかった。終戦後、焦土と化した国土を再建し、やっとここまで辿り着いた。GNP（国民総生産）は世界二位。いつかアメリカを抜いて世界一になると、多くの人間が信じていた。

誰も、その先に何が待っているのか知らなかった。

「アスカ仲川《なかがわ》工場の津田《つだ》さんから電話です。3番」

事務員の斎藤《さいとう》恵里からそう言われたとき、嫌な予感がした。いや、それは予感ではない。確信だ。これから聞かされるであろうことを暗い気持ちで予測しながら、自分の机に置かれた電話の受話器を取り、3番のボタンを押した。

「はい、お電話替わりました。品質管理の塚田です」

――資材の津田です。おたくのＳＡ２《ツー》のリアランプ、ボルトが傾いてて取り付けできないんだけど。すぐに選別に来てよ。

耳障りな声だった。やはり不良品の報告か。舌打ちしたくなるのを抑えながら、塚田は尋ねた。

「申しわけありません。すぐに伺いますが、発生した不良品は右でしょうか左でしょうか」

――Ｌだよ。Ｌ。

「製造年月日はわかりますか。ＳＡ２なら側面上部に印字されていると思いますが」

――ちょっと待ってよ……０４０７、四月七日だな。

「不良品はいくつ出てますか」

――そんなのわかんないよ。とにかくすぐに選別してよ。

相手の声が苛ついている。これ以上の情報は教えてもらえそうになかった。

「わかりました。すぐに行きます」

――在庫も全部選別してよ。でないとラインが止まっちまうからさ。

ライン停止。部品メーカーにとって一番恐ろしい脅《おど》し文句だ。自社の製品の不良で車の製造ラインが停止したとなると、かなり大きな問題になってしまう。しかし塚田はその言葉で逆に冷静になった。「ぐずぐずしてるとラインが止まるぞ」という脅しは、もう何回となく聞かされている。いちいちパニックになってもいられない。

電話を切ると、すぐに中本係長に内容を告げた。

「現在作っているものをチェックしてきます。仲川工場と見田《みた》倉庫にある在庫を選別する人間を頼めますか」

「わかった。製造に言っておく」

中本は苦い顔で、

「この忙しいときに不良を出してくれるとはなあ」

「SB9の試作が昨日で終わっていて幸いでした。重なってたら目も当てられない」

塚田は工場内にある品質管理の事務所を出ると、測定室でSA2の検査治具を取り出して製造ブロックへと向かった。

開発名SA2。市場では「プレステージ」の名前で販売されているセダン車だ。飯野電気ではヘッドランプとリアランプを製造している。生産が始まってそろそろ一年、これまで特に目立った問題もなく製造されてきた製品だった。

生産しているのはP2ブロック。行ってみるとちょうど製造している最中だった。

「鶴見《つるみ》さん」

塚田が声をかけると、ブロック長の鶴見が電動ドライバーを持ったまま顔を上げた。

「何だ？　トラブルか」

塚田が検査治具を持っていることに気付いたのだろう。渋い顔になった。塚田より四歳年上だが、陽《ひ》に焼けて皺の目立つ顔は四十過ぎぐらいに見える。

「四月七日製造のＳＡ２のＬ側でボルトが傾いて組み付けできないという連絡がありました」

「ボルトが？　どうして？」

「それをこれから調べます」

完成して折り畳みコンテナに入れられていたリアランプを取り出し、検査治具に嵌め込んでみる。五個のランプを調べてみると六本ある取付ボルトのうち、一本が傾いていて治具の穴に嵌まらないものが一個見つかった。

結果を見た鶴見がすぐに生産を止め、緊急ボタンを押した。生産技術の宗近《むねちか》がすぐにやってきた。

「金曜日にこのボルトの加熱具合がおかしいって直したよな？」

「あ、はい。高周波加熱コイルが断線してて……直しましたけど」

塚田より若い宗近が少しおどおどとした表情で頷く。

「そのときにボルトの傾き、いじったか」

「いいえ……あ、でも加熱されないままボルトを打ち込んだせいでシャフトが少しずれてたから、調整しました、けど。それが何か」

「ボルトが曲がって組み付けできないとアスカから電話があった」

塚田が答える。

「調整したとき治具でボルトの挿入状態を確認したか」

「しました。はい。その検査治具で」

「でも、今は入らない」

治具に嵌まらない状態を見せつけると、宗近は表情を強張《こわば》らせた。

「そんな……僕がやったときは、ちゃんと入ったのに……」

「とにかく今は、こんな状態だ。すぐに直してくれ。検査治具は出荷した不良品の選別をするために使わなきゃならないから、五分くらいしか貸せない。その間に直すんだ」

「五分で……それは……」

「やるんだよ」

塚田は強い口調を意識して、言った。宗近が泣きそうな顔になる。かすかな罪悪感を覚えたが、押し殺した。

ひとまず工場内の在庫を全品検査した。三十五個のうち五個が不良品だった。

「倉庫には百三十個あります」

管理部の梅田《うめだ》が報告してきた。

「仲川工場のラインサイドには七十個前後」

「トラックで輸送中のものは？」

塚田が訊くと、彼は首を振った。

「ありません。でも三十分後には倉庫から出荷されます」

「それは止めてくれ。今から選別する」

中本が各課に連絡を入れて集めた人員は塚田を入れて六人。五人を倉庫に向かわせ、選別をさせる必要がある。となると仲川工場に向かうのは塚田ひとりになってしまう。

「もうひとり、俺と一緒に工場に行ってくれる人間が欲しいんですが」

塚田が頼み込むと中本は腕組みをして考えていたが、

「とりあえず課長に報告してから車を出せるようにしておけ。誰か行ってもらうようにするから」

と答えた。塚田は品質管理課事務所に一旦戻った。

「それで、原因はなんなんだ？」

報告を受けた高村課長が渋い顔で尋ねてきた。

「金曜日にボルト打ちマシンの修理をして、そのときに軸がずれていたのを修正したそうです。それが甘かったのかもしれません」

「生産技術の担当は誰だ？」

「宗近です」

「あいつか」

高村の表情が更に苦くなる。

「この前も何かでトラブってたよな」

「ツヅキですね。K926」

話を聞いていたツヅキ自動車担当の新島《にいじま》係長が答える。

「ああ、思い出した。ボルトの加熱が甘くて浮いてた件だな。また同じミスか。しようがない奴だな。手を抜いてるのか」

「いや、宗近は真面目な人間ですよ」

援護したのは隣の生産技術から駆り出されてきた等々力《とどろき》だった。

「ちょっと要領は悪いですが、ちゃんと働いてます」

「こんな不良を出してたんじゃ、真面目も何もないだろうが」

高村が声を荒らげる。等々力の表情が硬化した。彼が、新入社員だったときの宗近の指導係だったことを知っている塚田は、諍《いさか》いになる前に言った。

「とにかく、すぐにも選別して良品を納めなきゃいけません。出ましょう」

車の手配をした後、再びP2ブロックに戻る。宗近がボルト打ち機械に取りついていた。

「どうだ？　直ったか」

尋ねると、彼は暗い表情で、

「それが、どこもおかしくないんです。十三個ボルト打ちをしてみたんですけど、どれもボルトは正しい角度でインサートされてます」

「ばらつきがあるということか。ネジが緩んでるとか、がたつきがあるとか」

「そうじゃないんです。機械は正常なんです。固定もしっかりされてます」

「じゃあ、どうしてボルトが曲がったんだ？」

「わかりません。原因不明なんです」

宗近は断言した。塚田は言い返したかったが、代わりに待機していた鶴見ブロック長に尋ねた。

「今日はあと、何個作るんですか」

「Lを十一個だ」

「じゃあボルトを打ち終わった分で作れますね」

塚田はそう言って検査治具を持ち上げた。

「宗近、組立に立ち会って、工程中にボルトを曲げる要素がないかどうか確認してくれ。俺はこれから選別に出る」

社用車を借り出し、運転席に座る。思わず溜息が出た。中本は安請け合いしていたが、同伴者が見つかったかどうかわからない。しばらく待って誰も来なかったら、ひとりで行くしかない。そう覚悟を決めたとき、サイドウインドウが軽く叩かれた。

「……篠島《しのじま》さん……」

その人物は助手席のドアを開けて乗り込んできた。

「中本係長に言われました。行きましょうか」

「でも……大丈夫ですか。仕事は？」

「みんな仕事を持っている中でイレギュラーな事態にも対処しなきゃならない。ここはそういう会社でしょ？　郷に入れば郷に従えですよ」

そう言って彼――篠島俊行《としゆき》は軽く微笑んだ。

「でも、これは篠島さんの仕事では……」

「ないですね。だから僕の会社には内緒、だそうです。四の五の言ってないで、車を出してください」

篠島に促され、塚田は車を発進させた。

「仕事、忙しくないんですか」

尋ねてから、訊きかたが悪いと気付いた。篠島は苦笑しながら、

「忙しいですよ。飯野電気には遊ばせてくれる余裕はないですから」

「……すみません」

「謝らなくてもいいです。塚田さんのせいじゃない。そもそも正社員だけでは仕事が回らないから僕が派遣されてきたわけですからね」

『労働力の需給の適正な調整を図るため労働者派遣事業の適正な運営の確保に関する措置を講ずるとともに、派遣労働者の保護等を図り、もつて派遣労働者の雇用の安定その他福祉の増進に資することを目的と』した労働者派遣法が成立したのは一九八五年。そこから日本社会においても人材派遣が本格化した。最初はソフトウェア開発や事務用機器操作など十三の業務に限定されて始まり、後に機械設計、放送機器等操作、放送番組等の制作の三業務が追加された。どれも専門的知識などを必要とする特殊な業務であり、派遣労働者は特別の技能を身につけた、いわばエリートだった。篠島も機械設計エンジニアとして「テクニクシー」という派遣会社から喜里工場に派遣されてきたのだった。東京工業大学

の機械工学科を出て博士号を取っている。飯野電気側も彼を迎え入れるため工場内に個室を用意するという特別待遇までしていた。

「篠島さん、今は何の仕事をしてたんでしたっけ？」

「塗装ロボットです。塗装工場を建て増ししたら、もう一機増やすので」

「今動いてるヘッドランプレンズの塗装工程も篠島さんの設計ですよね。すごいなあ。あんなのがもう一台増えるのか」

「あれより新しい、最新のものになります。ヘッドランプのレンズがガラス製から樹脂製に変わってきて、形状も従来のものより複雑になってきましたから、トップコートの塗装も三次元的な動きをさせなければならない。リフレクタもただの凹面ではなくマルチリフレクタがこれから主流になっていくでしょう。新しい塗装システムの構築は急務というわけです」

篠島の言葉には淀みがない。まるでテレビの解説員のようだった。やはり派遣社員は違うな、と塚田は内心で感服する。

「そんな忙しい中、こんな雑用に引っ張りだしてしまってすみません」

「だから謝らなくてもいいですって。さっさと済ませて僕らの本来の仕事に戻りましょう」

本来の仕事、か。俺の本来の仕事って何だろう。塚田はぼんやり考える。品質管理とは要求された品質の品物を作り出すための手段だ。それはわかっている。工場で生産している製品や開発中の新製品が求められている品質を保つように働いているつもりだ。しかしそれが、こんなクレーム対処に終始するだけのものなのだろうか。きりきり舞いするような毎日が、自分の本来の仕事なのだろうか。

塚田は小さく頭を振った。車の運転をしているときにこういうことを考えてはいけない。事故を起こしたら取り返しがつかなくなる。もし事故が起きたら……。

事故が起きたら、この状態から抜け出せるのか。

いっそ入院でもしてしまえば、まさか病院まで仕事が追いかけてくることもないだろうが。

いけない、また雑念だ。塚田は大きく深呼吸して気を紛らせた。

「最近多いですね」

篠島の言葉を聞き逃しそうになった。

「え？　多いって何がですか」

「トラブルですよ。先週も不良品選別に駆り出されました。選別専用の部署を作ったほうがいいくらいですよね」

「イレギュラーなことに対応する人間を常駐させられるほど、会社には余裕はないですからね。でも、そんなに不良が多くなってるんですか」

「なってますね。先週のはヘッドランプのリフレクタが動かなくなったっていうやつだったし、その前はレンズのクラックでした」

自分の仕事で手一杯の塚田より、篠島のほうが工場全体の状況に詳しいようだった。

「それは、よろしくないですね」

「ええ、よろしくない。しかも気持ち悪い」

「気持ち悪い？」

「最近のトラブルは、どれもこれも原因がわからないらしいんです。部品に不良はないし、組立工程を見直しても問題はなかったらしい。おたくの高村課長がこぼしてましたよ」

「そうなんですか……」

――原因不明なんです。

先程の宗近の言葉を思い出した。

「最近、おかしいですね」

篠島が言う。

「不良もですが、工場の中で怪我《けが》とかトラブルとかあったり」

「忙しいですからね。みんな大忙しで働いているから、ミスが出やすいのかも」

塚田自身、日曜の試作でほぼ徹夜状態のまま出勤していて、睡眠不足は自覚していた。車の運転も気を付けなければ。あれこれ無駄なことを考えている場合ではない。

「それだけじゃないような気がします」

篠島はしかし、そう言った。

「知ってますか。工場に幽霊が出るそうです」

「幽霊？　何ですかそれ？」

思わず笑いそうになる。自分より頭の良さそうな篠島の口から出る言葉とは思えなかった。篠島も笑いまじりで、

「そんな噂も出てるって話です。夜勤をしていた誰かが見たとか」

「まさか」

否定しながらも塚田は、先日、工場の窓を横切ったもののことを思い出した。しかしすぐに打ち消した。いや、あれはただの見間違いだ。

だが、最近何度もあれを見ている。本当に見間違いなのだろうか……。

信号が赤になる。うっかり見落としそうになって急ブレーキを踏んだ。駄目だ、落ち着け。気を付けろ。自分を叱咤《しった》した。

しかし頭の中は、窓を横切ったもののことでいっぱいだった。あのとき、一瞬だけ、それの姿が見えた。

それは顔のように見えた。無表情な顔のように。

5

「……ふざけんなよ」

光川は思わず声を洩らしていた。すぐにまずいと思った。

「そういう言いかたはするな」

製造課の本島《もとじま》係長が眼を怒らせる。

「すみません……でも、また残業ですか。日曜に休日出勤したのに？」

「だから悪いと思ってる。でも人手が要るんだよ。不良品が出て出荷が間に合わなくなってな」

不良を出したのは俺のせいじゃない、と言い返しそうになる。それはぎりぎりで我慢した。

「いいじゃないか。残業代が儲かるんだし」

本島が笑みを滲ませて言った。癇《かん》に障る。そっちこそ、そういう言いかたはするな。金の問題じゃない。

しかし拒絶することもできなかった。

「……わかりました」

そう言うと製造課事務所を出た。

「あ」

声に顔を上げると、目の前に恵里がいた。

「どうかした？」

光川の表情に気付いたのだろう。

「残業」

素っ気なく、そう答えた。

「不良が出て人手が足りないって」

「ああ、こっちも今、大騒ぎだよ。塚っちゃんが飛び出してった」

「ふうん」

「なんか、元気ないね」

「昨日休日出勤して、今日も残業だなんて、たまんねえよ」

光川は吐き出すように言った。定時で終わって寮に帰ったところで、何かするわけでもない。テレビを観るか飲みに出かけるか、そんなところだ。残業続きのおかげで残業代の合計は基本給より多いくらいだ。ほとんどが親に取られてしまうとしても、自由になる金ならある。残業さまさまだ。だが、金なんかより今は自由な時間が欲しい。この工場にいると、それだけで心が腐っていくような気がする。

「頑張って」

恵里は光川の背中を軽く叩いて去っていった。

頑張って、か。これ以上、どう頑張れってんだ。歩きながら光川は心の中で悪態をついた。

体の奥にむずむずする感覚があった。夢で見た、体を内側から引っ掻き回されるような、厭な感じ。今は眼が覚めているのに、あれが甦《よみがえ》ってくる。光川は立ち止まって歯を食いしばった。

目の前に戸外へ通じるドアがある。無意識に開けていた。

陽は落ち、外はもう暗くなっていた。四月の夜風はまだ冷たく、怒りに火照《ほて》った光川の頬を宥《なだ》めるように撫《な》でていった。

今すぐ辞めてやろうかと荒ぶっていた気持ちが、少しだけ落ち着いた。辞めて別の仕事に就いても、やっぱり同じようなことで厭な思いをするのだろう。だったら慣れている今の仕事を続けるほうがいい。どうせ俺はネジを締めることくらいしか取り柄なんかないんだし。

そう思ってみても、苛立ちは完全には治まらなかった。体の中を引っ掻くような感覚は消えていない。

うわん……うわん……。

唸るような音が聞こえてくる。工場の機械が動いている音か。それとも……。

うわん……うわん……。

うわん……うわん……。

うわん……うわん……。

「くそっ」

音に抗するように、夜空に向かって怒りを吐き出した。

「もう……みんなぶっ殺してやる！」

がさがさ、と音がした。見ると工場を取り巻くフェンスの向こうで何かが揺れている。

近付いてみた。笹の葉だった。フェンスを挟んで向こう側は一面笹が生えている。

そう言えばここは昔、笹っ原と呼ばれていたな。

光川は子供の頃、ここに来たことがあった。そのときのことを思い出した。

その呼び名のとおり、当時は笹しか生えていない斜面で、面白いことも何もなかった。ただ祖父から「笹っ原には行くな」と言われていたので、面白半分にやってきたのだ。ただし友達三人と一緒だった。

最初ははしゃいで走り回っていたが、次第につまらなくなった。笹しかないから、たいした遊びもできなかった。

それに、ここにいるとなんとなく気持ちが落ち着かなくなる。風が笹の葉を揺らすたびに、心もざわついて不安になってくる。

帰ろう、と誰かが言った。俺、こんなとこ嫌だ。光川も同じことを言いたくなっていたが、先に言われると反発したくなった。彼は笹の中を思いきり走った。

何かに足を取られた。笹の中に倒れ込み、そのまま斜面を転がった。起き上がろうとしても加速がついた体はころころと回転して止まらない。怖くて叫びそうになった。

太股《ふともも》のあたりに何かが衝突した。それで勢いが削がれた。両手を突いて回転を止め、やっと起き上がった。手や足が笹で切れて傷だらけだった。太股も痛い。泣きそうになりながら自分を止めたものを見た。

それは笹の中に埋もれていた。

石だった。膝ほどの高さの細長い石だ。

光川はその石をまじまじと見た。自然にここにあるようには思えなかった。誰かがここに……埋めたように見えた。

よく見ると石の表面に何かの絵が彫り込まれている。人か、それとも……。

がさがさ。再び笹の葉が音を立て、光川の追想を断ち切った。自分がもう大人になって工場の端に立っていることを思い出した。

笹っ原の斜面は削り取られ、この工場も含まれる広大な工業団地が作られた。あのときの石も、きっと取り払われてしまっただろう。

でも、あれは何だったのか。

あのとき打ちつけた痛みが甦ってきたような気がして、光川は自分の太股をズボン越しに擦《こす》った。そのとき、それに気付いた。

フェンスの内側、工場敷地内の地面に敷きつめたアスファルトに一部、ひびが入っている。

そこから笹の葉が生えていた。

なぜか、ぞっとした。何かが境界を越えて侵食してきているように感じられたのだ。

光川はアスファルトの割れ目から伸びている笹を掴み、引っ張った。しかし笹は思いの外強くて、いくら引っ張っても抜けなかった。

「痛てっ！」

思わず手を引っ込める。掌にうっすらと筋が入っていた。それが見る見る赤く滲んで、血の粒がぷつりと湧き出た。笹の葉で手を切ったのだ。

「……くそっ！」

何度も何度も靴で踏みつけた。しかしいくら力を籠《こ》めても、笹は折れることなく葉を伸ばしていた。

6

「だからさあ、ほんとに辛いわけよ」

工場内にある資材課の事務所で、崎村《さきむら》製造課長の愚痴が続いていた。「ここんとこ、不良とか欠品とか続くからさ、スケジュールが狂っちまってどうしようもないんだ。対応に追われて俺なんか毎晩帰るのが十二時近いんだよ」

「俺だって同じだよ」

氏家は煙草を吹かしながら言った。

「資材だってフル稼働だ。誰ものんびりなんかしちゃいない。欠品だってやりたくてやってるんじゃないんだ。下請けの尻は叩いてる。それでも部品が届かないことがある。しかたないよ」

「しかたないじゃなくて――いや、話はわかるんだけどね」

氏家が睨みつけたので、崎村は少しトーンダウンする。「ただ、もう少し現場のことを考えてほしいんだ。このままじゃいつかパンクしちまう」

「そっちだって資材のことを考えてくれよ。毎日ぎりぎりのスケジュールを組んで調達してるんだ。ちょっとでもズレが起きたら、一気に崩れちまう。文字どおり綱渡りなんだよ」

そう言ってから、氏家は自分が本当に綱渡りしているような気分になってきた。糸のように細いロープだけを頼りに端から端まで渡ろうとしている。落ちたら……死ぬのか。それとも……。

「この前、娘に言われてさあ」

氏家の心がそこにないことを知らないまま、崎村は話しつづけた。「『みっちゃんの家、変なんだよ』って言うんだ。みっちゃんってのは幼稚園の友達らしいんだけど。『何が変なんだ?』って訊いたら娘が『みっちゃんの家、お父さんも一緒に晩御飯食べるんだって』なんて言うんだよ。俺、そのとき泣きそうになった。ああ、そう言えば娘と晩御飯を一緒に食べたことないよなあって。娘が物心ついた頃からずっと俺、会社で残業してるんだって」

「そりゃ辛いですね」

口を挟んできたのは竹田だった。「僕も結婚したら、そんなふうになるのかなあ」

「なんだおまえ、結婚の予定でもあるのか」

すかさず崎村が突っ込む。

「いや、ないですけど」

「情けないなあ。とっとと結婚しろよ」

「しろって言われても、課長のその話を聞いたら幻滅しちゃって」

「生意気言うな。男は結婚して一人前だろうが。ずっと独身だと信用もなくて住宅ローンも借りられんぞ」

「米田さんみたいに、ですか」

「笑ってやるな。あいつは真剣だったんだからな」

そう言う崎村の顔にも笑みが浮かんでいる。品質管理課の米田が住宅ローンの審査に落ちたことは、工場内のみんなが知っている。

くだらんな、と氏家は心の中で吐き捨てた。何もかも、くだらん。新しい煙草に火を付けた。妻にしつこく禁煙しろと言われているので、家では吸いづらくなっている。その分、会社では思う存分煙を吹かしていた。肺癌《はいがん》？　そんなもの、何が怖いもんか。本当に怖いのは……。

うわん……うわん……。

まただ。最近頻繁に起きる耳鳴りが、また聞こえてきた。思わず耳朶《じだ》を擦る。

うわん……うわん……くわっ。

耳鳴りに混じって別の音も聞こえてくる。

くわぅ……くっ……わぉう……。

音というか、何かの鳴き声のようだった。

「何だ？」

思わず振り向く。しかし当然のことながら資材課の事務所には人間しかいない。

「どうした？」

崎村が訊いてきた。

「いや……何でもない」

適当に誤魔化し、視線を逸らす。そして、見た。

窓の外で何かが動いている。何かが、手招きをするように。

氏家はふらふらと窓に近付き、開けた。

はらり、と飛び込んできたのは、細長い葉だった。

「笹か……」

笹の葉が風に揺れているだけだった。馬鹿馬鹿しい、どうして窓を開ける気になったのか。

閉めようとして、ふと気になった。

「……こんなに繁ってたかな？」

「え？　何のことですか」

竹田が訊いてきた。

「笹が……いや、何でもない」

入り込んできた葉を押しやり、窓を閉める。

指先に違和感を覚えた。見ると人差し指の皮膚がうっすらと切れている。笹の葉に触ったときに切れたらしい。血が出るほどではないが、ひりひりする。

「まったく……」

総務に言って草刈りをしてもらわないと。そう思いながら窓の下を見て、氏家は一瞬自分の眼を疑った。

笹だ。

事務所の中、窓の下の壁面と床面の合わせ目から笹が伸びているのだ。

工場の中にまで。

躊躇した後、彼は生えている笹から眼を逸らした。竹田に言って抜かせようとも思ったが、笹のことを口にするのも厭だった。なぜそう思うのか自分でもわからないが、厭だった。

「そう言えばさ、幽霊の話、聞いた?」

崎村が言った。

「生産技術の山田《やまだ》がさ、見たんだってよ」

「幽霊? そんなもの、どこに出たんだ?」

苛立ちながら応じる。

「いつだったか残業で真夜中にホットメルト接着剤塗布機の調整してたときに。ずっとひとりで仕事してたら、背後に誰かいるような気がして振り返ったんだとさ。そしたら」

意味ありげに言葉を切ってから、

「なんと、誰もいなかったんだと」

「なんだよ。ただの気のせいじゃないか。どこが幽霊なんだ？」

「ここからだよ。山田も気のせいだと、疲れてるせいだと思って仕事に戻ったけど、やっぱり誰かに見られているような気がしてならなくてさ、仕事に集中できなくなったらしい。それでひと休みしようと現場を離れて通路に出たとき」

と、また言葉を切る。

「なんだ、また気のせいか」

「いや、何かがいたそうだ」

「何かって何だよ？」

「だから、何かだよ。よくわからないけど、小さな生き物みたいなのが組立ブロックの隅にうずくまってたんだそうだ」

「狸《たぬき》か猪《いのしし》が紛れ込んできたんじゃないのか。このあたり、いるらしいから」

「だから、違うって。もっと人間っぽいものだったって。そいつが山田をじっと見てたそうだ」

「残業してた他の社員だろ」

「子供くらいの大きさだって言ってたぞ」

「だからそれは見間違いじゃゃ――」

「そいつが鳴いたんだと」

崎村は氏家の言葉を遮《さえぎ》って言った。

『うわんうわん』と鳴いたそうだ」

「…………」

「え？　何だって？」

「……嘘つけって言ってるんだ！」

氏家は思わず声を荒らげた。

「何が小さい人間だ。何が『うわんうわん』だ。そんなの……そんなこと、あるわけないだろうが！」

「おいおい、そんなに怒るなよ。だから俺が言ったんじゃないって。山田が——」

「山田を病院に連れてけ！　眼と耳を診てもらえ！」

うわん……うわん……くわぅ……。

またた。また聞こえる。

氏家の耳にはたしかにその音——いや、声が聞こえていた。

うわん……うわん……くわぅ……。

「やめ……やめてくれ！」

氏家は耳を押さえて叫ぶ。

「おいどうした？　具合でも悪いのか」

気遣う崎村を突き飛ばすようにして、彼は事務所を飛び出した。

7

仲川工場での不良品選別を終えてから見田倉庫に回り、すべてのチェックが完了したことを確認して自社に戻ってきたのは、午前二時過ぎだった。塚田は自分の席に腰を下ろすと、大きく溜息をついた。

机の抽斗《ひきだし》を開ける。書類や封筒の間に挟まれた本に触れる。少し逡巡して取り出した。

目の前にカップベンダーのコーヒーが置かれる。

「面白い本を持ってますね」

篠島が隣の椅子に座り、塚田の本を手に取る。

「『諸仏如来、ともに妙法を単伝して、阿耨菩提《あのくぼだい》を証するに、最上無為《さいじょうむい》の妙術あり』でしたっけ」

「『正法眼蔵《しょうぼうげんぞう》』を知ってるんですか」

「ちょっと読んだことがある程度ですけどね。塚田さんこそ道元《どうげん》に興味があるとは知らなかった」

「俺も若い頃に読んで、でも今でも意味がよくわかりません」

塚田は正直に言った。

「でも、ときどき読み返してみるんです。まあ、おまじないみたいなものです」

「おまじないね」

篠島は微笑んだ。「さて、これで帰れますか」

「いえ、まだやっておかなきゃならないことがあるんで」

「僕もあと一時間ほど仕事をして帰ります。あまり無理をしないでくださいね」

「『無理させて、無理をするなと、無理を言う』」

呟くように塚田が言うと、

「サラリーマン川柳ですか」

篠島が尋ねた。

「そう。名句ですよね」

「たしかに。だけどこの句には疑問があります。一体誰が無理をさせてるんでしょうね?」

「それは――」

上司でしょ、と言いかけて塚田は言葉を途切らせた。いや、中本係長は高村課長から無理をさせられている。しかし課長も工場長から無理を言われ、工場長は役員から追い立てられている。では得意先の自動車会社が元凶なのか。それは半分正しく、半分間違っている。彼らもまた追い立てられているのは今日の選別で工場を回ったときに実感していた。止められないライン。出荷されていく完成車。それを待つユーザー。ユーザーとはつまり、俺たちだ。車を買う者が車を作ることに汲々《きゅうきゅう》としている。この円環を回しているのは誰だ。俺たちを疲弊させ追い込んでいるのは何者だ。

「システムですよ」

篠島が言った。「この世界を作っているシステムが僕たちを疾走させている。回し車の中で永遠に走りつづけるハムスターみたいにね」

「そのシステムは、誰が動かしているんですか」

「もちろん僕たちです。経済、テクノロジー、法律、モラル……それらひとつひとつは僕たちが自分を幸せにするために作ったシステムです。でもいつの間にかシステムは自走を始め、人間はその手駒に過ぎなくなってしまった。その根本にあるのは、金です。幸せとは金を得ることだと考える人間が大多数になってしまった以上、金を稼ぐためにシステムはどんどん膨張し、制御ができなくなり、発狂してしまった」

このひと、もしかして共産主義者なのだろうか、と塚田は訝《いぶか》った。今や風前の灯火とか言われているソ連のシンパなのか。

「でも多分、もうすぐ終わりますよ」

「何がですか」

「何もかも。こんな熱狂がいつまでも続くはずがない。実体もなく伸び上がった景気は、必ず下落します。それも急激にね。その後に何が残るのか」

そう言って篠島は微笑んだ。塚田はなぜだか、ぞっとした。

そのとき、事務所の外で何か聞こえた。誰かが騒いでいるようだった。

「何かあったのかな?」

篠島が事務所の内窓から工場を覗き込んだ。目の前の通路を誰かが大急ぎで走っていく。

「トラブルのようですね」

篠島が事務所を出ていく。塚田も後に従った。

工場の一角が騒然としている。誰かが喚《わめ》いているのが聞こえた。

——誰か! 誰か!

——救急車! 救急車!

只事ではないようだ。塚田は走った。

Ｐ５ブロックの前だった。数人の男たちが立っている。彼らの足下から床に横たわっている誰かの足が見えていた。

「何があった？」

声をかけながら駆け寄る。壁になっていた男たちが左右に分かれ、倒れている者の姿を露にさせた。

彼は仰向けに倒れていた。誰だかすぐにはわからなかった。顔が血で真っ赤に染まっていたからだ。塚田は立ち竦《すく》んだ。

「氏家課長……」

一緒にやってきた篠島が呟く。氏家？　言われてみればたしかに氏家課長だ。作業着の胸にネームプレートもある。氏家はぴくりともしなかった。

篠島がしゃがみ込み、氏家の様子を調べた。

「……息はある。救急車は呼んだ？」

「あ、今、ブロック長が電話しに行った」

このブロックで作業していたらしい社員が言った。塚田も意を決して篠島の横にしゃがみ、氏家の顔を覗き込んだ。出血が多すぎてどこから血が出ているのかわからない。頭部なのはたしかなようだ。

「何があったんだ？」

近くに立っている男に尋ねた。宮根《みやね》という若者だ。彼は青ざめた表情で、

「ミッちゃんが……」

と呟くように言った。

「ミッちゃん？　誰だ？」

「光川だよ」

他の男が答える。竹橋《たけばし》という中年の社員だった。「光川平次。あいつがやった」

光川……塚田はすぐに顔を思い出した。製造課の社員だ。日曜日の試作のために休日出勤していた。色白でひょろりとしているが顔立ちが良く、女子社員に人気があると聞いている。たしか、品管《うち》の斎藤恵里と付き合っているんじゃなかったか。

しかし光川と氏家に、どんな関係があるのかわからなかった。

「どうして光川が？」

重ねて尋ねると竹橋は首を傾《かし》げながら、

「それが……よくわからんのだ。俺たちがこのブロックで仕事をしてたら、氏家課長がこっちに向かって駆けてきてな、折りコンを積んでた光川にぶつかったんだ。それで言い合いになって、ブロック長が止めようとしたんだが収まらなくて、とうとう光川があれで課

長をぶん殴った」

竹橋が指差した「あれ」は床に転がっていた。リムをネジ留めするときに製品を固定する治具だ。土台はアルミの板でできている。その板に血が付いているのが見てとれた。

「課長がぶっ倒れて動かなくなったら、光川もあれを放り出して逃げ出しやがった」

「光川はどこに？」

「知らん。えらいことやっちまって、びびって逃げ出したんだろう。これ、警察沙汰だよなあ」

竹橋の声に嘲るような響きが感じられた。

「どうする？　これでもやっぱり仕事をするのか。警察が現場検証とかしてる横で俺たち、やっぱりランプ組み立てなきゃいかんのかな」

塚田は答えに窮した。そのとき製造課の崎村課長がやってきた。

「おいおい何だよこれ？　どうなってるんだ？　あ、これ氏家さん？　どういうこと？　何があったの？」

動転しているらしい崎村に、竹橋が先程と同じことを話した。

「光川が!?　どうしてあいつがこんなことをするんだ？」

「だから、氏家課長と喧嘩になったんですって」

「喧嘩って何だよ？　相手は課長だぞ。そんなことしたらどうなるかわかってるのか」

「俺に言われても困りますよ。俺が殴ったんじゃないんだし」

「光川はどこだ？」

「逃げました」

「なんで？　なんで逃げるんだよ？　どうしておまえたち、光川を捕まえておかないんだ？」

課長の叱咤するような問いかけに、竹橋の顔色が変わる。

「それ、本気で言ってんのか、あんた」

「あんたっておまえ――」

「人の頭をぶん殴って血だらけにするような奴を俺たちで捕まえろっていうのか」

「いや、そうじゃなくて――」

崎村が怯《ひる》む。竹橋は上司を睨みつけながら、

「いい加減にしろよ。何時間も何時間も残業させやがって、その挙句にその台詞《せりふ》か。俺たちに警察までやらせようってのか」

「そうじゃなくてさあ。だから――」

「だからなんなんだよ!?」

上司の胸倉を摑みそうな勢いの竹橋の前に塚田が割って入った。

「今はいがみ合いをしているときじゃない。落ち着いてください」

竹橋は塚田にも鋭い視線を向けたが、ふと我に返ったように眼を瞬《しばたた》かせた。

「……疲れてるんだよ。だからみんな、おかしくなる」

言い訳するように言葉を洩らす。

「わかってます。みんな疲れてるんです。こんなことがあったら、余計にそうなります。崎村課長」

「ん？　あ？」

不意に呼びかけられ、崎村は寝起きのような声を返した。

「今このブロックで作ってたSB8《エイト》の在庫を確認していただけませんか。ここはもう生産を止めるしかないです」

「そんなこと――」

反論しかけて、その場の雰囲気に声を押しとどめられる。

「……わかった。だがアスカのラインを止めるわけにはいかんぞ。足りなかったらなんとかして作らないと」

「その場合は最低限のロットを出しておいてください。リムネジ留めの治具を使わないで作らないといけませんから」

塚田は血塗《ちまみ》れで床に転がっている治具を指差した。

「警察が来るまで、あの治具はそのままにしておかないといけないでしょう」

「警察？　呼んだのか。そんなの勝手に――」

「呼ばなくても、救急車が来て事情を訊かれたら、そのまま通報されますよ。これは傷害事件です」

塚田の言葉に、その場にいる全員がたじろいだ。

救急車のサイレンが聞こえてきた。

8

手が、痺《しび》れている。擦っても叩いても、感覚が戻らない。光川はうずくまったまま震えていた。

自分が何をしたのか、わかっている。でも、なぜあんなことをしたのか、わからなかった。

あいつがいきなりぶつかってきて、怒鳴ったんだ。邪魔だって。すごい顔して睨みやがった。あっちが勝手にぶつかってきたのに。持ってた折りコンを落っことした。あいつが悪い。なのに怒りやがった。前からあいつ、威張り散らして虫が好かなかった。だから……いや、だけど、どうしてあんなことをしたのか。

無意識に体を手で撫でていた。あの感覚が、体の中を引っ掻き回されているようなあの感覚が全身に広がっている。きつく眼を閉じた。

そうだ、あいつがぶつかってきたときからだ。この厭な感覚が出てきた。それにあいつの声も変だった。人間の声じゃないみたいだ。なんて言うか、うわん……うわん……って唸るみたいに聞こえた。耐えられなかった。あんな声で怒鳴られて気が変にならない奴なんかいない。とにかくやめさせたかった。だから……。

うわん……うわん……。

思わず眼を開け、顔を上げた。

目の前に笹の茂みが広がっている。

ここはどこだ？　どうして工場の中にこんなに笹があるんだ？　どうして……。

うわん……うわん……くわぅ……。

その声は、青々と広がる笹原の奥から聞こえてくる。なんだ？　何かいるのか。

立ち上がる。逃げ出したかった。なのに足は笹に向かう。

あのときの笹っ原。ここは子供の頃のままだ。何もない。笹しかない……って、馬鹿な。ここは俺が勤めている工場だ。新車の部品が毎日何千個も作られている最先端の場所だ。笹なんてただの雑草だ。

自分が混乱していることにも気付かず、光川は笹の茂みに足を踏み入れた。

ざっ、と音がして笹が伸びる。彼の背丈よりも高く伸びて、取り囲んだ。

「ひっ……！」

その瞬間、恐怖がすべての感情を支配した。笹を掻き分け、逃げ出そうとする。しかし笹の茎は強く撓《たわ》んで彼の抵抗を拒んだ。

「たす……助けて……」

笹の葉が彼の手を頬を切り刻んでくる。悲鳴に似た声をあげながら、必死に腕を伸ばした。

その動きが、止まる。彼とは別の何かが笹を掻き分けてくる気配がした。

誰だ？　助け？　いや、俺を追ってきたのか。床に倒れた氏家の姿が脳裏に浮かぶ。俺は捕まる。逃げなければ。

もがきながら先に進もうとする。なんなんだこれ？　どうしてこんなに笹が……。

いきなり束縛《そくばく》が解け、前のめりに倒れた。

「っ痛……くそっ」

言葉を吐きながら、ゆるゆると起き上がった。そして立ち竦む。

一面、笹だった。

笹っ原。

そんな馬鹿な。笹っ原は潰されたはずだ。なのに膝の高さまでの笹が月の光に照らされて淡く輝いている。

月？

見上げた空に満月が輝いていた。

月なんて出てたっけ？　そもそも、ここはどこだ？

周囲を見回したが、工場はどこにも見えなかった。ただ笹が繁っているだけだ。

ここは、俺が子供の頃の笹っ原なのか。俺はあの頃に戻ったのか。光川は前へ踏み出そうとした。が、何かに足を取られ、その場に倒れ込んだ。起き上がることもできず、斜面を転がっていく。

「た、助け……て！」

悲鳴をあげながら、光川は転がりつづける。あのときと同じだ。あのときは結局、あれにぶち当たって止まった。あれに……。

脇腹に何かがぶつかった。抉《えぐ》られるような痛みが走る。光川はかろうじて体を支え、転がる自分を止めた。

「痛《い》ってえ……なんなんだよ、もう」

ふらふらと立ち上がる。腹の痛みと笹の葉に体のあちらこちらを切られた痛みと眩暈《めまい》とで、吐き気がした。それを堪えて、自分がぶつかったものに眼を向けた。

やはり、あれだ。子供のときにここにあった大きな石。

月明かりがその石を照らしだす。白くのっぺりとした表面がぼんやりとした光を放っている。

これ、違う。あのとき見たのは、表面に人のような動物のようなものの姿が彫られていた。これには、それがない。でも形は似ているような。誰かが削って消したのか。それとも……。

うわん……うわん……。

また、声がした。背筋に震えが走る。声はすぐ近く、背後から聞こえた。

それとも……抜け出したのか。

うわん……うわん……くわぅ……。

駄目だ。振り向いたら駄目だ。自分に言い聞かせる。なのに体はねじれていく。ぎりぎり、錆《さ》びたネジを回すように首が後ろを向く。
そして、眼が合った。

9

気が付くと窓の外が明るくなっている。完全に徹夜だ。塚田は自分の席に座り、天井を見上げていた。机に突っ伏したかったが、そうすると眠ってしまいそうだった。

隣に座った篠島が胸ポケットからマイルドセブンのパッケージを取り出すのを見て、彼は言った。

「一本、くれませんか」

「塚田さん、煙草吸いましたっけ?」

「吸わないです。高校時代にちょっとだけやって、やめました。でも今は、なんだか吸いたい」

篠島は少し笑って煙草のパッケージを差し出した。一本抜き取り口にくわえると、ライターで火を付けてくれた。煙を吸い込むと、いがらっぽい味と煙たさが口から肺へと広がっていく。美味いとは思わない。

「すみません篠島さん、こんな時間まで付き合わせちゃって」

「塚田さんのせいじゃないですよ。警察が帰してくれなかったから」

つい先程まで所轄署の刑事による調査と尋問があった。深夜に起こされやってきた刑事たちは明らかに不機嫌で、関係者への聞き取りのときも剣呑な表情をしていた。

「塚田さんの対応、よかったですよ。正直他の人間はおたおたするばかりで、刑事の質問にもまともに答えられてなかったから。特に崎村課長とか」

「あのひとはね。悪いひとじゃないけど、いざというときにまるで頼りにならない」

いつもならもっと穏便《おんびん》に言っているところだが、今は取り繕う気力もなかった。

「もともとは現場のひとなんですよ。ブロック長から係長になって、そして今は課長」

「出世頭ですね」

「本人はそう思ってないみたいです。自分は管理職の器じゃないって。それがわかっているだけまだ救いがあるけど」

「他のひとたちはわかってないと?」

「そういう課長、多いです。たとえばうちの――」

高村の名前を言いかけて、口を噤《つぐ》む。少し喋りすぎたと思った。篠島がこちらの不満を引き出すような質問をするせいだ。まあ、かまわないけど。

「それにしても光川さんってひと、どこに行ったんでしょうね？」

篠島のほうが話題を変えた。

「そりゃ逃げたんでしょ」

「でも、彼の車は駐車場に置かれたままなんですよね。歩いて逃走を？」

「当然です。ここにいたら警察に捕まるとわかってるでしょうから。なにせ立派な傷害罪ですからね。もしかしたら本人は氏家さんが死んだと思い込んで殺人罪に問われると怯《おび》えているのかも」

「彼に殺意があったんでしょうか」

「どうでしょうね。カッとなって殴っただけなら相手が死んでも傷害致死かな。まだ氏家さんは死んでないと思うけど」

「病院から連絡は？」

「今のところは、まだ。死なきゃいいけど」

本当か、と塚田は心の中で自問する。本当に氏家が無事でいてほしいと思っているか。本心はどうでもいいと思ってるんじゃないのか。

やめよう。自分で自分を追い込んでも良いことはない。「警察は寮の部屋と光川の実家に行くと言ってました。もしかしたら自分の布団に潜り込んで震えてるかもしれない。しかし、どうしてこんなことになったんだか」

口の中がすっかり不味《まず》くなって、塚田は煙草を灰皿で押しつぶした。

「僕は、なるべくしてなったと思いますよ」

篠島が煙を吐きながら言った。

「いつか、こんなことになるんじゃないかと危惧してました」

「光川が暴力事件を起こすと？」

「彼のことはよく知りません。でもこの工場の雰囲気は肌で感じています。何かおかしいと」

「おかしいって？」

「わかりませんか。みんな異様に気が立っている。追いつめられていると言ってもいい」

「そりゃ忙しいから」

「それもあります。でもそれ以上に、何かがみんなを追い立てているように思えてしかたないんです。原因不明の不良が続出するのも、幽霊が出るなんて噂が飛び交うのも、根っこはそこにあるのかもしれない」

「まさか」

塚田は笑った。「篠島さん、もしかしてオカルト好きですか」

「どうでしょうか」

篠島も笑みを浮かべる。「たしかにその手の本やテレビ番組は子供の頃、よく観てましたけどね。『あなたの知らない世界』とか」

「俺も観てましたよ。夏休みの風物詩みたいなものだった。心霊体験とか心霊写真とか。今から考えるとくだらないものでしたが」

「僕はくだらないとは思いませんよ、今でも」

「やっぱりオカルトを信じてるわけですか」

「いいえ。僕は幽霊の存在も呪いも信じません。ただ、そういうものがあると思い込む人間の心の動きというのは、やっぱりあると思います。それが恐怖を増幅させる」

「恐怖を増幅?」

「何だかわからないものに『呪い』という名前を付ければ『そうか、これは呪いなんだ』と納得する。そして『呪い』は固定され、更に恐怖を増していく。これが恐怖の増幅です。僕がこの工場に異変が起きていると感じるのは、まさにこの恐怖の増幅が始まっているからです。いわゆるパニック状態ですね。これはかなり危険だ」

口調はあくまで穏やかに、ゆっくりと煙草を吹かしながら篠島は言った。しかし塚田は納得できない。

「光川が氏家さんを殴ったのも、その呪いとかパニックとかのせいだと？」

「本当のところは本人に訊いてみないとわかりませんが、光川さんも氏家課長もかなり精神的に追いつめられて、一触即発の状態だった。それが昨夜、接触によって爆発したのではないでしょうか」

「それって、ただ苛々しているふたりが偶然喧嘩になったたってだけのことでしょう？　恐怖の増幅とか呪いとか、そんなことは関係ない単発の事件でしかない」

「単発……だったらいいんですが」

「違うとでも？」

「わかりません」

篠島はあっさりと首を振る。「客観的に判断することはできません。僕も渦中にいるわけですから。僕自身、その呪いからは逃れられない」

そう言って篠島は立ち上がる。

「一度アパートに戻って着替えてきます。塚田さんはどうします？」

「俺はまだ帰りません。中本さんに報告してからにします」

「わかりました。無理はしないように。サラリーマン川柳ではありませんよ。本気のアドバイスです。あなたが無理をして体や心を壊しても、会社は責任を取ってくれませんから」

篠島がいなくなった後、塚田は自分が灰皿に押しつけた煙草の吸殻を見つめていた。

会社は責任を取ってくれない、か。

やがて出社時間となり、品質管理課の事務所にも社員が次々とやってきた。皆、昨夜の事件のあらましは知っているようで、詳しいことを塚田に訊きたがった。最初はひとりひとりに話していたが、後からやってきた者が最初からまた訊きたがるので面倒になった。詳しくは朝礼で話すからと言って勘弁してもらった。

「おい、塚田」

声に振り向くと高村課長が彼を睨みつけていた。いつにも増して不機嫌な顔をしている。

「工場長がお呼びだ」

「何でしょうか」

残業が多すぎると説教されるのか。いや、仮にも工場長が一社員の残業時間のことをとやかく言うとは思えない。しかしそれ以外に呼び出される理由を思いつかなかった。訝る塚田に課長は言った。

「昨夜の話を聞きたいそうだ」

「光川と氏家課長のことですか。でもどうして俺に？　関係ないのに」

「関係ないことはないだろう。その場にいたんだから」

「いませんよ。俺が駆けつけたときには氏家さんは倒れていて、光川はいなくなってました。一緒にあのブロックにいた連中に訊いたほうがいいです。あるいは責任者の崎村課長とかに」

「その崎村がおまえが一番詳しいと言ってるんだ。いいから早く行け」

それ以上抗弁することもできず、塚田は部屋を追い立てられた。

なんなんだよ、まったく。舌打ちをして歩きだす。

事務棟は塚田が普段仕事をしている工場棟の隣にあった。打ちっぱなしのコンクリート壁と大きなガラス窓が目立つ洒落た建物で、経理部や業務課など事務方の事務所や会議室、応接室などが入っている。工場長室はその最上階にあった。

ドアの前で一息つき、それからノックした。

「品質管理課の塚田です」

ドアを開けたのは崎村課長だった。

「おう、来たか」

力ない笑みを浮かべる崎村の眼の下に隈ができている。白眼は赤く充血していた。まさか泣いていたのか。塚田は思わずたじろいだ。

「入りなさい」

奥から声がする。塚田はおずおずと部屋に入った。

橘《たちばな》工場長は自分の椅子に座っていた。いつもどおり白髪まじりの髪をきっちりと整えている。作業服の下に糊《のり》の利いたワイシャツを着て紫色のネクタイを締めていた。恰幅《かっぷく》がよく、左右に大きく張り出した耳朶が目立つ。

彼がこの喜里工場のトップだった。次期役員も確実で、ゆくゆくは社長になるかもしれないと噂されている。

「おはよう」

メタルフレームの眼鏡の奥から入室してきた塚田を捉えた。

「おはようございます」

塚田は丁寧に頭を下げた。

「塚田君、一昨日だったか本社で役員と工場長の会議があったとき、君の話が出たよ」

少し嗄れているが深みのある声で工場長が言った。

「俺……私の、ですか」

「ああ。SB9の開発では君の仕事ぶりが目立っているとね。営業も設計も評価していた。従順なようでいてなかなか粘り腰だと。アスカの担当にも臆《おく》さずにものを申しているらしいね」

「は……申しわけありません」

「謝る必要はない。君は評価されているんだから。私も同意見だ。君は有能だよ。高村君よりもな」

「……ありがとうございます」

危険だ。頭を下げながら塚田は思った。褒め殺しでなければ、何か大きな爆弾を落とされる前触れかもしれない。

「昨日の深夜のことも、警察には君が対応してくれたようだな。今、崎村君から聞いた」

自分の名前を呼ばれ、崎村が体をぴくりと震わせた。以前彼は工場長のことを評して「言葉尻で人を動かす人間だ」と言っていた。ちょっとした言葉の使いかたで部下に忖度《そんたく》させ、従わせると。だとしたら今のは、どう解釈したらいいのだろう。逡巡している間に工場長は言葉を継いだ。

「あらためて昨日何があったのか、教えてくれないか。もちろん崎村君からも聞いているが、君が一番冷静に事態を把握しているそうだから」

「……はい」

塚田は自分の視点から昨日の出来事について語った。憶測や曖昧《あいまい》な伝聞を交えないよう心がけた。

話を聞き終えてから、工場長は言った。

「君は光川という社員のことをよく知っているかね?」

「いえ、二、三回言葉を交わしたことはありますが、特に親しいということはありません」

「それでもいい。どんな人間だと思う?」

「私の印象を言えばいいのでしたら、普通の若者です。これまで会社内でトラブルを起こしたという噂も聞いていませんし」

「勤務態度も悪くなかった、と崎村君は言っている。ただ、少し反抗的な態度を取ることもあったようだ。そうだな?」

「あ、はい」

崎村は大袈裟《おおげさ》に頷いた。「昨日も、その、本島係長が残業を頼んだら、最初は、その、ちょっと嫌そうな顔をしまして。日曜に休日出勤させたせいかもしれませんが」

「どんどん残業してどんどん稼げるんだ。嫌なことはあるまい。そうだな?」

今度は塚田に矛先を向けてきた。ここは同意すべきだろう。それはわかっていた。

「金より休みが欲しいというのも、率直な心情かもしれません」

しかし塚田は、そう言った。

「日曜の試作では光川君にも随分と働いてもらいました。少し休憩が欲しいと願っても無理はないかと思います」

「それで不満が溜まって自暴自棄になって氏家君を襲ったというのかね？」

「そのように短絡的には考えられません。本人の話を聞くべきでしょう」

塚田は工場長を見た。工場長も彼を見つめている。その口の端が笑みを作った。

「なるほど、君らしい意見だ。その冷静さは他の社員も学ぶべきだな。しかしそれほど冷静でいられる君がどうして、今回このような失態を招いたのかな？」

首筋に刃物を当てられたような嫌な感触。

「失態……と、仰いますと？」

「工場内に警察が入ってきたことだ」

工場長の口調は穏やかなままだった。なのに塚田は胃のあたりがぎゅっと締めつけられる感覚に襲われた。

「氏家君の怪我は同じ会社の者に襲われたせいだと、君が救急隊員に告げたそうだね。それで警察に通報が行った。どうしてだね？」

「それは、犯罪の疑いがあるときに警察に通報することが救急隊の任務ですから――」

「そんなことを訊いてるんじゃない。なぜ救急隊員にそんなことを言った?」

工場長が何を言いたいのか、わかってきた。でも、あえて塚田は抗弁した。

「それは、事実だからです」

「警察沙汰になってもか」

「それが正しいと判断しました」

「新聞に載るぞ。飯野電気喜里工場で暴行事件と。いい恥さらしだ」

「嘘をつくべきだったと仰るのでしょうか」

「おい塚田……」

崎村が咎《とが》めた。しかし一度口から出た言葉は引っ込められない。塚田は続けた。

「氏家さんは自分で転んで治具の角で頭をぶつけたとか、そう言い繕うべきだったと?」

「そういう機転も必要だったな」

「それは、三つの点から無理だと考えます」

脳が沸騰しそうなほど感情が込み上げてきたが、塚田は冷静さを心がけつつ言った。

「ひとつ、それでは氏家さんが納得しないかもしれません。ふたつ、光川が今後どのようなことを言いだすかわかりません。ふたりの口から真実が出れば、こちらが嘘をついていたことが明白になります」

「氏家も光川も、社内のことだ。納得してもらえばいい。ふたりとも事を大袈裟にはしたくないだろう」

工場長は事も無げに言った。塚田は声を荒らげそうになるのをぎりぎりで堪えて、言葉を続けた。「三つ、病院でこちらの嘘の証言と氏家さんの怪我の状態との矛盾に気付かれる可能性があります。そうなったら犯罪を隠蔽《いんぺい》しようとしたと看做《みな》され、飯野電気の立場はより悪くなるでしょう。これは社内のことと違ってこちらではコントロールできない問題です」

「そこまで病院が細かくチェックするだろうかね。ちょっとした怪我に過ぎないのに」

「怪我の程度についてはまだわかっていません。少なくとも失神してしまうほどの怪我であることは間違いないので、軽く考えないほうがよいかと思います。下手をすれば命に関わりますから」

「ああ言えばこう言う、だな。口の減らない男だ」

工場長の口調が変わった。感情を隠しておけなくなったようだった。

「とにかく、今回の君の対応には承服しかねるところがある。業務のほうにマスコミからの取材依頼が殺到しているようだしな。夕刊あたりに大々的に取り上げられるかもしれん。そうなったら君の責任は重いぞ」

「私は誰も襲っていませんし、逃げてもいません」

これを言ったらおしまいだ、とわかっていても、言わずにはいられなかった。

「私がどんな責任を取らされるというのでしょうか」

「サラリーマンの責任の取りかたは、ひとつしかないよ」

「辞めろ、ということですか」

「この忙しいのに有能な社員を辞めさせるわけがないだろう」

険しくなっていた工場長の表情が、また変わった。かすかに笑みを浮かべている。「これからも滅私奉公《めっしぼうこう》してもらう。休んでいる暇はないよ。ばりばり働いてくれ」

10

ここは呪われている。

他の何者でもない、人間によって呪われている。

見てみろ、この醜態《しゅうたい》を。嗅《か》いでみろ、この悪臭を。人間という愚劣な生き物のせいで、ここは見る影もなく汚されている。

浄化しなければ。呪いを解かなければ。

そのためには、行動が必要だ。思いきった行動が。

急ごう。もう我慢の限界だ。

11

品質管理課の事務所に戻ると、社員は皆出払っていて、残っているのは事務員の恵里だけだった。彼が部屋に入ってくると、恵里は慌てて目尻を拭った。それでも瞳が潤んでいるのを隠すことはできなかった。

ああ、そうだった。この子、たしか光川と付き合っていたんだったな。塚田は彼女とふたりきりという状況に気付いて少なからず狼狽した。

「誰もいないの？」

言わずもがなのことを口にして、自己嫌悪に駆られる。

「みたい、です」

恵里の返事も訥々《とつとつ》としていた。

「そうか……」

自分の席に座り、机の上に積み重ねられた書類を手に取る。議事録のコピー、本社からのファックス、先日の不良品の対策報告書。眼を通そうとしたが、集中できなかった。工場長から言われたことが脳裏から離れない。

――君の責任は重いぞ。

――これからも滅私奉公してもらう。

無間地獄だな。絶対に逃してもらえないらしい。

「……これじゃ死ぬぞ」

思わず口をついて出た。恵里がぴくりと顔を上げる。

「あ、いや、何でもない」

慌てて言い訳する。

「氏家さん、死んじゃうんですか」

彼女の顔色が悪くなっている。

「違うって。こんなに徹夜とか残業とか続けたら俺が死ぬなって話。氏家さんの話じゃないよ」

「でも……」

「氏家さんのほうは心配いらないって。たいした怪我じゃなかったから」

工場長相手に言ったこととは正反対だったが、自分の矛盾を追及する余裕はなかった。

恵里は立ったまま、こちらを見ている。

「塚田さん、昨日本当は何があったんですか」

真剣な眼差《まなざ》しだった。「ミッちゃん、本当に氏家課長を殴ったんですか。みんな、はっきりしたことを教えてくれないんです。なのにミッちゃんが犯人だって……塚田さんは何があったか知ってるんですよね？　教えてください」

彼女の赤く充血した眼が自分を見つめていることに、塚田は思いのほか動揺していた。

「……だから、みんな誤解してるんだけどさ、俺が現場に駆けつけたときにはもう氏家課長は倒れてたし光川はいなかったし、終わっちゃってたんだよ。俺はただブロックにいた連中から話を聞いただけで――」

「それでもいいです。教えてください」

重ねて懇願される。このままでは納得してくれないだろう。塚田は腹を括《くく》って自分の知っていることを話した。

恵里は黙って彼の話を聞いていたが、光川が治具で氏家の頭を殴ったときのことを話すと口許《くちもと》を手で覆った。

「そんなこと……ミッちゃんが、そんなことするなんて……」

「暴力を振るうような人間じゃなかったのかな、彼は？」

塚田が尋ねると反射的に恵里は首を振る。が、その視線が迷うように泳いだ。

「ひどいことはしなかったけど……」

「叩かれたくらいのことはある？」

「軽くです。冗談っぽく」

恵里は自分がやったことのように言い訳する。

「悪いひとじゃないんです。ミッちゃん、いろいろとあるから」

「いろいろって？」

「その……親やお兄さんたちとうまくいってないとか。自分は末っ子だからいつも貧乏くじを引かされてるって言ってました。それに会社でも残業ばっかりさせられるって」

「残業は彼ひとりじゃない。工場の人間みんながやらされてる」

「でもミッちゃんは自分ばっかりきつい仕事をさせられてるって言ってました。休日出勤で試作とか――」

その試作に駆り出した張本人を相手に言っていることに気付いたのか、恵里は不意に口を噤んだ。

「疲れてたのかな、光川は」

慰めるように塚田は言った。

「疲れて気が立ってて、つい暴力を振るってしまったんだろうな」

「そう、かもしれません。でも本当にミッちゃん、そんなに悪い人間じゃないんです。本当です」

恵里は言い募る。

「彼、どうなるんですか。警察に捕まっちゃうんですか」

「どうだろうなあ。もう警察が動いてるからね。あ、でも氏家さんの怪我がたいしたことがなければ、そんなに重い罪にはならないと思うよ」

恵里の悲痛な表情に、つい言葉が曖昧になる。それでも彼女の顔色は暗い。

「課長の傷、本当はどうなんでしょう？　まさか死んじゃったりしたら……」

「悪い方向に考えないほうがいい。斎藤さんがひとりで悩んでも辛いだけだよ。今は氏家さんが早く良くなることと、光川が出てくることを期待しよう」

「……はい」

恵里の瞳がまた潤みはじめた。塚田は机の上のティッシュケースから一枚抜き出して、彼女に差し出す。

「ありがとう」

涙を拭い、恵里は少しだけ微笑んだ。

「塚田さん、紳士ですね」

「え？」

「さりげなくティッシュを差し出すところ」

「そんなわけない」

塚田も笑った。恵里は塚田のティッシュをもう一枚抜き出して洟をかむと、ひとつ息をついた。

「大卒のひとって、みんな紳士なんですか。そうじゃないですよね。たいていの大卒って学歴を鼻にかけて偉そうにしてるし、結構がさつだし、高卒を馬鹿にしてるし」

「かなり辛辣《しんらつ》だな。大卒は嫌い？」

「嫌いです」

即答してから、思いなおしたように、

「嫌いっていうより、なんていうか……嫉妬します」

「嫉妬？」

「わたしも本当は大学に行きたかったから」

「あ、そうなんだ」

「はい。これでも結構勉強は好きだったんです。数学とか理科とか。でも親が許してくれなくて駄目でした」

「どうして？　学資の問題？」

「それもあるけど、女が大学に行くと生意気になって嫁の貰い手がなくなるからって。大卒の女って、嫌ですか」

「俺？　俺は別にそんなこと思わないけどな。でもそれは俺が大卒だからかもしれない。中卒や高卒の男はやっぱり自分より学歴が上の女性を敬遠するかもしれないな。男って妙なプライドがあるから」

「やっぱりそうなんだ。でも女が大学に行っちゃいけないなんておかしくないですか。女だって勉強したいし、大学を出ないとできない仕事とかもしたいし」

恵里は身を乗り出すようにして、

「女だけが学歴か結婚か選ばなきゃいけないなんて不公平です。男なら何をやっても許されるのに」

「……そうだね」

塚田は同意する。内心たじたじとなっていたが、ここは男性代表として矢面に立たなければならないような気がした。

「結婚したら女は家に入って家事と育児をしなきゃならないでしょ。パートくらいは許されるかもしれないけど。でもずっと家に閉じこもって狭い近所付き合いくらいしかできないなんて生活、考えただけで息が詰まりそう」

「じゃあ、斎藤さんは結婚したくないの？」

「それとこれとは別です。わたし、結婚したいです。ミッちゃんと……結婚したいと思ってます」

「光川が好きなんだね」

揶揄《やゆ》するつもりもなく言ったのだが、恵里は複雑な表情を浮かべる。

「好き……なのかなあ。うん、多分好きです。彼と家庭を持ちたいって思いますから。でも、もっと違う自分もあるんじゃないかって気もしてて……」

「勉強して広い社会に出る自分？」

「……そう、そんな感じ」

恵里は自分の机の上に置かれていた鉛筆を手に取った。

「わたし、小学校に入学して初めて自分の鉛筆を買ってもらったときのこと、よく覚えてます。嬉しくて、いろんなものを書いてました。覚えたばかりの字とか教科書に載ってた絵とかを真似して。理科のテストで百点取ったときのことも覚えてます。先生がすごく褒めてくれました。『頭いいね』って。そのときに使ってた鉛筆も、これと同じでした。あれからずっと同じブランドのを使ってます。これがあればいろんなことができるような気がして。これは、わたしの夢の鉛筆だと思ってました」

話している恵里の表情は明るかった。が、不意に断ち切られたように影が差す。

「でも、夢は全然、叶えられなかった。大学で物理とか化学とかを勉強したいって言ったら、両親から猛反対されました。『女がそんなもの勉強するもんじゃない』って。『大学なんて行ったってろくなことにはならない。女は早く結婚して子供を産め』って。わたし自身も早く結婚したいって気持ちはあったし、結局それ以上強く言えなくて……だけど心の隅にまだ未練みたいなものがあるんです。勉強したかったなあって。わがままですよね、そういうの」

「別にわがままじゃないよ」

塚田は言った。「結婚しても子供ができても勉強はできるしね」

「え？　どうやって？」

「別に大学に行くことだけが勉強じゃない。本を読んだり、通信教育を受けたり、やりかたはいろいろあるよ」

「でも、そういうのって難しくないですか。すごく努力しないといけないし」

恵里は臆したように言う。塚田は少し考えてから、言った。「俺の祖母《ばあ》さんだけどさ、昔のひとだから小学校しか出てなかったんだって。だから字もあまり読み書きできなかった。でも店をやってた祖父《じい》さんの手伝いをするのに必要だからって、俺の親父を背負いながら本を読んで字を覚えたり算盤《そろばん》のやりかたを教えてもらったりしたそうだよ。それでちゃんと覚えられたってさ。祖母さんが書いた帳簿とか手紙とか見たことがあるけど、しっかりと丁寧に書かれてたな。きっと祖母さん、努力したんだと思う。でも努力って、いつでも誰でもしてるだろう？　新しいことをしたいなら、その努力の方向をそっちに向ければいいだけだと思う。そして少しだけ頑張る」

「少しだけ、ですか」

「そう、少しだけでいい。無理をすると壊れるからね。今の……」

今の俺たちみたいに、と言いかけて、塚田は言葉を呑み込んだ。「……今の世の中、祖母さんの頃よりはずっと自由になってる。好きなことを、したいことをやれるよ。そうしたければね」

「そうしたければ……」

恵里は繰り返す。考えているようだった。小さく頷き、また塚田に眼を向けた。

「ありがとうございます」

「え？」

「なんか、少しわかったような気がします。大卒のひとのこと見直しました。ただ偉そうにしてるだけじゃないんですね」

恵里はやっと微笑んだ。

「そんなに偉そうだったかな俺？」

「塚田さんがそうだっていうんじゃないです。あ、でも少し偉そうに見えてたかな。だからわたしも、大卒なんて大嫌いって思ってました」

「そうか。それは反省したほうがいいな」

塚田も笑った。

そのとき、いきなり事務所のドアが開いた。

「おい、大変だ」

飛び込んできたのは中本係長だった。顔が青くなっている。

「高村課長がやられた」

「え？　やられたって？」

思わず訊き返した塚田に、中本は悲痛な表情で言った。

「襲われたんだ。救急車を呼んでくれ」

12

高村課長は工場棟西の階段の下で発見された。普段はあまり人通りのない区域で、工場内の社員が息抜きに来る程度の場所だった。製造製品変更の空き時間に煙草を吸いに来た製造課の山岸が、俯せで倒れている高村に気付き、騒ぎだしたのだった。

塚田が現場に駆けつけたとき、ちょうど救急車が到着した。野次馬でごった返す中、救急隊員が高村をストレッチャーに乗せた。とりあえずで頭に巻かれたのだろうタオルがほとんど赤く染まっていた。

高村を収容した救急車が走り去った後、その場にいた者たちは口々に喋りながら、その場から立ち去らずにいた。毎日同じようなことが延々と続く日々の中で起きた非日常的な出来事を前にして、誰もが不安と、それから少なからぬ昂奮《こうふん》に取り憑かれているように見えた。

「おい」

声をかけられ振り向くと、徳井がやはり不安げな表情で立っていた。「一体、何がどうなってるんだ？　どうして高村さんが殺されたんだ？」

「いや、まだ死んだわけじゃない。勘違いするなよ」

「同じだ。奴は殺すつもりで殴ったんだろ？」

徳井は吐き気を催したかのように顔を顰める。

「氏家さんの次は高村さん。次から次へと課長が襲われてる。光川の奴、そんなに課長たちが憎かったのか」

「高村さんも光川がやったっていうのか」

「違うのかよ。あいつに決まってるだろ」

気が付くと塚田と徳井の会話に周囲の者たちが聞き耳を立てている。塚田は慌てて口を噤んだ。

「そんな憶測で話しちゃ駄目だ。ちゃんと警察に調べてもらわなきゃ」

「警察が来るのか。来るんだろうな。それで捜査とかでまた仕事が止まって生産が遅れて俺たちは残業だ。いい迷惑だ」

誰かが「そうだそうだ」と相槌《あいづち》を打った。

「光川の奴が捕まらないかぎり、落ち着いて仕事ができん。塚田、なんとかしろよ」

徳井にいきなり言われ、塚田は面食らう。

「なんとかって、どうして俺が？」

「会社の中じゃ、おまえがこの事件を取り仕切ってるんだろ。そう聞いたぞ」

「何だよそれ？　誰が言ってるんだそんなこと？」

「みんなだ。警察への対応とか工場長との話し合いとか、みんなおまえがやってるんだろ？」

「それは、違う」

否定しながら塚田は、厄介なことになったと思った。知らないうちに事件の中心人物にさせられている。なんなんだ、これは。「俺には何の権限もないし、そもそも関係者でもない。たまたま警察や工場長に事件のことを説明する羽目になっただけなんだ」

「じゃあ誰に言えばいい？　崎村課長か。それとも工場長か」

「それは……」

答えられない問いかけに口籠《くちご》もっていると、

「おい、何やってるんだ!?」

駆けつけてきたのは崎村だった。

「こんなところで突っ立ってないで、みんな仕事しろ。得意先のラインが止まるぞ」

最強の呪文であるかのように、彼は言った。ラインが止まる。その言葉で社員たちはぞろぞろと工場内に戻りはじめる。

徳井も戻りかけたが、ふと思いついたように崎村に言った。

「課長、気を付けたほうがいいですよ」

「何がだ?」

「氏家さんに高村さん、次々と課長がやられてるから。犯人が光川なら、一番恨んでるのは誰かって話です」

「犯人が光川って……おい、何だよそれ!?」

崎村は徳井の肩を摑んだ。

「今度は俺がやられるっていうのか」

徳井は課長の手を払いのけると、工場に戻っていった。残された崎村は彼の後ろ姿を茫然と見つめている。

「……何だよそれ? 俺が何をしたっていうんだ?」

同じくその場に残った塚田に気付くと、彼は必死な表情で、「俺はさ、普通に仕事してるだけなんだよ。普通に一生懸命、いろんなこと管理してさ、上に頭下げたり下の機嫌を取ったりしながらさ、ぎりぎりでやってきてるんだ。それが駄目だっていうのか。光川が俺のことも恨んでるって? そうなのか」

充血した眼で塚田を見つめながら――どうやら泣いているのではなく、結膜炎か何かで眼が赤くなっているらしいと気付いた――問いかけてくる。塚田は何も言えなかった。

事務所に戻ると恵里が視線で尋ねてきた。

「高村さんは病院に運ばれた。怪我の状態はわからない」

「そんな……まさか……」

恵里は息を呑んだ。

事務所には他の社員も四人戻ってきていた。

「どうなってるんだろうねえ、この工場は」

米田が暢気《のんき》にも聞こえる声で言った。「なんだか荒れてる高校みたいだ。喧嘩が絶えないねえ」

「他人事《ひとごと》みたいに言うけどさ、米田だって狙われてるかもしれないよ」

そう言ったのは米田と同期の二宮《にのみや》だった。「ほら、前に光川が不良を出したときにねちねち厭味言ってなかったっけ?」

「厭味?　そんなこと言ったかなあ」

「俺、聞いたよ。女といちゃいちゃしてる暇があったらちゃんと仕事しろって言ったでしょ」

一瞬、空気が強張った。塚田は恵里に視線を向けないよう気を付けた。

「そんなこと言ったかねえ。まあ言ったとしても、そんなことくらいで襲われたら迷惑だなあ」

椅子の背凭れに上体を預け、米田は天井を見上げる。「恵里ちゃん、お茶」

「あ、はい」

即座に恵里が動く。給湯室へ向かう彼女に、やはり塚田は視線を向けることができなかった。

「駄目だよねえ、あんな男と付き合ってたんじゃ」

恵里がいなくなるとすぐに米田が言った。「かわいいんだから、もっと男を選ばなきゃ」

「米田とか、ってことかな?」

二宮が茶化すと、

「俺だって、選ぶ権利はあるよ。顔が良くても頭が悪い女は女房にできないなあ」

「そんなこと言ってるから、いまだに結婚できないんでしょ」

武上《たけがみ》が冷やかす。後輩だが口さがないタイプだった。

「結婚できないのは君も同じだろ」

「僕はまだ二十代ですから。三十過ぎて独身なんて、いろいろ言われちゃうでしょ」

「言いたい奴には言わせとくさ。どうせもうすぐ仲間ができるし。ねえ塚田君?」

「俺ですか」

「来年には君も三十路だよな。結婚しないの？」

米田は普段自分が言われつづけている質問を、ねちっこい口調で塚田に向ける。

「相手を探してる余裕なんかないですよ」

感情を表に出さないように心がけながら言葉を返した。

「そんなの、工場で適当に見繕えばいいじゃん。女の子はいっぱいいるんだしさ」

これも彼自身が言われていることだろう。それを他人に向けるのは楽しいのかもしれない。言葉の端に松脂《まつやに》のような粘っこさを感じた。

「そうですね。考えておきます」

それだけ言うと、塚田はファイルを抱えて席を立った。残った奴らがまた何か言うだろうが、かまうものか。

戻ってきた恵里と鉢合わせした。泣きそうな顔をしている。外でも彼らの会話が聞こえていたのだろうか。塚田は小さな声で言った。

「あいつら、最低だ」

恵里の表情が少しだけ緩んだ。

「もう、帰るんですか」

「いや、これからSB9の新製品立ち上げ会議がある。出なきゃ」

「徹夜してるのに、まだ仕事ですか」

「昨日の徹夜はイレギュラーだよ。むしろ仕事ができなくて溜まってきている。もしかしたら今日も徹夜になるかもしれない」

「そんな……体、壊しちゃいますよ」

「かもな。むしろ壊れてくれたら、大手を振って休めるよ」

冗談めかして言うと、塚田は事務棟へ向かった。

昨日聞いたのと同じパトカーのサイレンが聞こえてきた。

頼むから、これ以上俺の時間を奪わないでくれ。さもないと俺が暴れるぞ。

怒りに近い願いの言葉を胸の中で唱えた。

13

午前十時から始まった新製品会議は昼休みを挟んで午後四時過ぎまで続いた。東京本社からやってきた設計課の係長と営業の副係長が揉めたのと、製造の担当からの歩留りが悪いので品質基準を緩めてほしいという要請に対処するのと、納めた試作品へのアスカ担当者からの指摘が多すぎて対処できないという製造の悲鳴とが入り組んで、まるで収拾がつかない状態に陥ってしまったからだった。議事進行役の中本係長は疲労のあまり語調がきつくなり、資材の担当者がそれに口答えをして場の空気が極めて悪くなった。塚田も疲れて朦朧としかけた頭を拳で叩きながら、早くこの会議終わってくれないかなと、そればかりを願った。

「いろいろあったのに付き合わせてすまんな」

長い会議を終えた後、中本が労《ねぎら》いの言葉をかけてくれたが、塚田にはあまり響かなかった。

「今日はもう、帰らせてもらっていいですか。寝たいです」

「ああ、わかった。気を付けて帰れよ。車で事故を起こさないようにな」

肩が凝っているのか左肩を揉みながら、中本が言った。その言葉でやっと塚田も息をついたような気になった。上司に一礼して事務棟を出ようとした。

「あ、塚田さん」

一階の受付を通って出ようとしたとき、受話器を持ったまま彼を呼びとめたのは、業務課の杉内《すぎうち》だった。塚田と同期の女子社員だ。

「崎村課長から、すぐ応接室に来てほしいって」

「え？　何の用？」

「知りません。課長に訊いてください」

木で鼻を括ったような返答に、一瞬悪態をつきそうになったが、堪えた。

「さっさと終わらせて帰れよ」

中本が肩を叩いて去っていく。塚田は溜息をついて引き返した。

応接室は事務棟一階にある。壁にはルノアールの絵のレプリカが飾られ、置かれているソファもテーブルもそこそこ高級そうだった。そのソファに崎村と、知らない男性がふたり向かい合っていた。

「お、来たか」

午前中と打って変わって笑顔になっている。が、その表情はどこか作り物めいていた。

「これが先程から話していた品質管理課の塚田君です。塚田君、こちらは喜里署の……」

「豊島《とよしま》です。こちらは同僚の永見《ながみ》」

年嵩《としかさ》のほうが自己紹介した。どちらも着古したグレイのスーツ姿だった。刑事か。塚田は内心緊張した。

「私に、何か？」

「ちょっとお話を伺いたいんです。お時間いただけますか」

豊島が丁寧な口調で言った。断るわけにはいかないようだ。塚田は崎村の隣に座った。

「早速ですが、光川平次という人物についてどれくらいご存じですか」

豊島が尋ねてきた。四十過ぎくらいの風貌に似合わない若々しい声だった。もしかしたらもっと若いのかもしれない。

「ほとんど何も知りません。会社でたまに一緒になる程度で個人的付き合いもありませんから」

「そうですか」

豊島は頷く。その芝居がかった態度が気になった。何が言いたいのか、この刑事は。

「あなたと同じ課の女子社員、斎藤さんでしたか、あの方が光川とお付き合いしていることはご存じですか」

「ええ」

「先程斎藤さんからも話を伺いました。光川の行方についてはわからないということでしたが、光川の人となりについてはいろいろと教えてもらいました。いささか短気なところがあったようですね。それに根に持つタイプだったとか」

「そうなんですか」

「ご存じないですか」

「だから、そこまで親しい付き合いでもなかったですから」

いささか焦《じ》れったくなってきた。「刑事さん、どうも先程から聞いていると私に何か含むところがあるようですが、何が仰りたいんですか」

「おや、そう聞こえましたか。すみませんね、口下手なもので誤解を受けやすいんです」

豊島は頭を掻いてみせる。

「では単刀直入に訊きましょう。あなた、光川に恨まれてませんでしたか」

「俺が？　どうして？」

思わず訊き返す。すると豊島が隣の永見に目配せをした。

「光川の寮の部屋から、こんなものが見つかりました」

永見がテーブルに置いたのは一冊のノートだった。塚田も高校時代に使っていたB5サイズのありふれたものだ。使い込んでいるのか表紙の角が折れていて、ところどころ油染みもある。表紙に「光川」と手書きで書かれていた。

「仕事の備忘録に使っていたと思われます。仕事の要点とかスケジュールとかが書かれています。その中に」

と、永見がノートを開き、塚田に見せた。

先日の試作で使ったブロックのレイアウトが粗雑に描かれている。ブロック内で歩く歩数や生産数が書かれているのは実際の組立を想定した指示が出されたときに記したメモだろう。だがそれより眼に付くのはノートの下半分にある走り書きのようなものだ。他の箇所の文字に比べても乱暴な筆致だったが、読み取ることはできた。

【氏家崎村高村塚田ぶっ殺す】


背筋に冷たい感触が走る。

「これ、本当に光川が書いたものなんですか」

「間違いないようです」

豊島が答えた。

「どうお考えになりますか」

「どうって……」

言葉が見つからなかった。

「俺も入ってるんだよなあ」

崎村が妙に朗らかな声で言った。

「俺もあいつに恨まれてるんだ。まいったなあ。何にも悪いことしてないのにさあ。でもきっと上司ってだけで恨んでるんだよな」

今にも笑いだしそうだった。声が少しずつ甲高くなり早口になる。

「だから俺課長なんて嫌だったんだよ俺は人の上に立つタイプじゃないって言ったんだよだってそうだろ俺はそういう教育受けてないもんただ他の連中より少しだけ仕事覚えが早くてブロックをうまく回せただけなんだなのに係長やれって言われて引き受けたら今度は課長だもんなたしかに俺だって課長になったときは嬉しかったさ女房にも自慢できたし兄貴たちも見返してやれたしさ高卒なのに課長だなんて大出世だもんなでもおかげでこんな体たらくだよ上からどやされて下から妬《ねた》まれていいことなんかひとつもない挙句の果てはこれだ身に覚えのないことで恨まれて殺されるかもしれないどうする塚田君？」

「え？　あ……」

いきなり質問され、塚田は口籠もる。

「君だって光川に恨まれてるんだよわかるだろこの前の試作もそうだったけど品管は俺たち製造の現場のことなんか屁とも思ってないからさそういうところが露骨に見えちゃうんだ不良を出すなでも間に合わせろって無茶言うじゃんかその上試作とかで俺たちをこき使うもんだから恨まれて当然だよ」

だらだらと喋りつづけた末に、

「わかるだろ、次に狙われるのは俺か、君だ」

それだけ言うと、崎村は泣きだした。

「……なんで……なんで俺がそんなに恨まれなきゃならないんだ……」

嗚咽が続く。

「崎村さん、落ち着いてください」

豊島が宥めるように言った。「おふたりに危害が及ばないよう警察が必ず光川を見つけますから。今は彼の居場所を見つけることが第一です。塚田さん、光川が潜伏していそうな場所に心当たりはありませんか」

豊島の質問に、塚田はしばらく考えてから、

「高村さんも襲われたとなると、光川はこの工場に留まっていたってことになりますね。どこかに隠れて」

「隠れられる場所ってありますか」

「いくつか。資材倉庫、使ってない会議室、出入りの少ない裏階段。工場の外に出て近くを徘徊している可能性もあります」

「捜してください！」

崎村が豊島に縋《すが》った。

「あいつを捕まえてください。でないと俺は怖くて……」

「わかりました。工場内の捜索は許可をいただけますか」

「俺が工場長に頼みます。今から」

崎村は追われるように応接室を出ていった。

「崎村さん、かなり神経質になられているようですね。あなたは大丈夫ですか」

豊島に尋ねられ、塚田は頬を手で撫でながら、

「どうなんでしょうね。怖いといえば怖い。でも、実感がないです。疲れてるからかもしれない。昨日、徹夜だったので」

「おや、そうでしたか。それは失礼。もうお帰りになるので？」

「そのつもりです。ひと眠りしたら、また出勤しますが」

「大変ですなあ。自動車産業は今が花盛りだから、休みも取れないわけだ」

「工場も二十四時間動いてます。てんてこ舞いですよ。もう、よろしいでしょうか」

「はい、結構です。お気を付けてお帰りください」

では、と一礼して席を立つ。そのときほとんど喋らなかった永見が、

「失礼ですが塚田さんは、こちらのご出身ですか」

と尋ねてきた。

「いえ、東京生まれです。転勤で東京の本社からこちらに来ました」

「そうですか。では喜里の昔のことはあまりご存じではないでしょうね」

「ええ、まったく」

答えてから、

「何か、あったんですか、ここ」

「私の実家は、じつはこの近くなんですよ。だから工業団地になる前のこのあたりのことは、よく知ってます。何もない笹っ原でした」

「笹、ですか」

「ええ、本当に笹しかなかった。遊ぶのにも不自由な場所でした。歩いてると笹の葉で足とか切ったりしましたしね。でも不思議だ」

「何がですか」

「ここが工業団地になることになって、オートショベルやブルドーザーで地ならしをしたんです。そのときに笹は一掃されました。なのに」

永見は窓の外に眼を向けた。細長い葉が風に揺れている。

「今日来てみると、工場の周辺は笹だらけだ。根こそぎ取り払われたと思ってたのに。こいつら、どこから生えてきたんでしょうね」

「さあ……」

曖昧に答えてから、塚田も窓の外を見た。そして、ぎょっとした。

窓の下半分を覆うまでに、笹が伸びていた。

14

居眠り運転で事故を起こすこともなくアパートの部屋に辿り着いたのは、午後六時過ぎだった。

風呂にも入りたいし着替えもしたい。しかし敷きっぱなしの布団を前にすると、そんな気持ちも消し飛んだ。塚田はつんのめるように布団に倒れ込み、眼を閉じた。

すぐに眠れると思っていた。だがひどく疲れているはずなのに、頭の芯が硬く覚醒している。

光川のことを思わずにいられない。顔はもちろん覚えている。なかなかの男前だ。だが知性は感じられない。斜に構えているというより、まともに立ち向かうことを避けているように感じられた。喋りかたも粗野だった。だがそれは別に珍しいことではない。似たような印象を与える人間は、工場の中にもたくさんいる。どこか刹那《せつな》的で、先のことなど考えないように生きている若者たちだ。彼らは皆、仕事のことをどう思っているのだろう。単に収入を得るための手段に過ぎないのか。自分を仕事で磨こうという気持ちにはならないのか。

そういうおまえはどうなんだ、と自分を客観的に見ているらしい自分が問いかけてくる。おまえは今の仕事が自分を磨くことになると本当に思っているのか。磨くどころか自分の身も心も削っているだけではないのか。

塚田は私立大学の機械工学科を出て飯野電気に就職した。入社した当初は希望どおり設計課に席を用意されたが、一年で喜里工場の品質管理課に回された。転勤を命じられたとき、上司からは「会社が喜里工場に注力するため有望な人材を送ることになったんだ。名誉だと思って行ってこい」と励まされたが、塚田はその言葉を信じなかった。何か失敗でもして左遷されたのではないかと思った。その疑いは、今でも拭えていない。

そして工場での仕事が始まった。以来ずっと、自分の体力と神経と時間を費やして疲弊している。

しかたないじゃないか、と、もうひとりの自分が抗弁する。目の前に仕事がある。それをこなさなければならないんだ。そうしないと。

そうしないと？　何だ？

そうしないと。塚田は冴えているのに曖昧な意識のまま、答えた。そうしないと次の仕事が間に合わない。

結局それだ。仕事のために仕事をしている。ゆっくりと考える余裕などない。いや、仕事をしていれば、自分がなぜ仕事をしているかなんてことを考えなくても済む。

この先どうなるのだろう。ようやく緩み掠《かす》れはじめた意識の中で考える。こうして俺は歳を取っていくのか。きりきり舞いしながら毎日を過ごして定年まで生きていくのか。それとも……。

それとも、光川のように暴れるか。

微睡《まどろ》む中で塚田は自分が機関銃を構えて工場へ突入していく幻想を見ていた。きらきら輝く事務棟の窓ガラスを粉砕し、眼に付いた者たちを片っ端から撃ち抜いていく。引金を絞る感覚と弾丸が発射されていくときの反動を心地よく感じた。このまま何もかも……。

機関銃の連射の音が耳を貫く。うるさい。やめてくれ。俺を、目覚めさせるな。しかし音は鳴りやまず、塚田はやっと眼を見開いた。

電話が鳴っていた。腕時計を見た。十時四十五分。寝過ごした。慌てて体を起こす。窓の外は暗かった。着けたままだった腕時計を見る。日付は「11」のままだった。まだ朝ではないのか。混乱したまま受話器を取る。

「もしもし？」

――塚田か。

中本の声だった。

――悪いがすぐに工場に来てくれ。

「何か、あったんですか」

――この前アスカに納めたSB9の試作品が光度不足だとクレームが来た。確認に行かなきゃならん。

「光度不足……もしかしてサイドランプですか。でもあそこはもともと設計段階でぎりぎり基準内に収まるレベルだってわかってて、それをなんとか設変で余裕持たせたでしょ」

ぼんやりとしたままの頭で記憶をまさぐる。

――それがまだ駄目だったんだよ。

「どうしてですか。試作品を出荷するときに検査して合格だったじゃないですか」

――だから全部が全部駄目ってわけじゃない。一部に基準を満たしてないものが見つかったってことらしい。とにかく来てくれ。俺も一緒にアスカに行くから。

受話器の向こうで中本が苛立っているのがわかる。だから塚田もこれ以上電話口でごねることもできなかった。

「わかりました。今から行きます」

受話器を離しかけた耳に、中本の声が入り込んだ。

――もうひとつ、ある。

「なんですか。他にクレームでも？」

うんざりしながら問いかけた塚田に、中本は言った。

――高村課長が、亡くなった。


受話器を下ろしてから「くそっ」と呟く。

なんなんだ。これは一体、なんなんだ。

課長が死んだ。どういうことだ。死んだ？　どうして？　この忙しいのにどうして死んだりするんだ。

悼む気持ちは起きなかった。ただ無性に腹立たしい。塚田は立ち上がった。

結局四時間くらいしか眠れなかった。睡眠も足りないし風呂にも入っていない。しかし出かけないわけにはいかなかった。とりあえず着替えだけしてからアパートを出た。

車を停めている駐車場までは徒歩五分ほど離れていた。そこまで歩いていく途中、何かの気配を感じて振り向いた。

自分のアパートが乏しい街灯に陰鬱《いんうつ》に照らしだされているだけだ。周囲は田圃《たんぼ》で他に建物はない。どうしてこんなところにアパートを建てたのか疑問だが、大家には訊かなかった。家賃が安いのだから、それ以上文句を言う必要もないと思ったからだ。たとえ夏場に蚊とウシガエルの鳴き声に悩まされても、冬に冷たい風に晒されても、安いのだからしかたないと自分を宥めていた。しかし今、ここを引っ越そうかと思った。こんなに殺風景な中に住んでいることにあらためて気付いたからだ。たとえ寝るだけのためにあるような住《す》処《か》であっても、これでは心が荒むばかりだ。

時間ができたら新しい物件を探そう。もっと町中で、賑やかなところがいい。そうだ、時間ができたら……。

また、気配がした。

猫か。それとも誰かいるのか。振り向いたが、何もない。

ふと思い出す。生産技術の誰だったかが工場で真夜中に作業していたとき、誰かに後ろから見られているような気がしてならなかったと言っていた。振り返っても誰もいない。なのに見られているという感覚だけは消えなかった。そんな話を聞かされた。

今の自分も同じだな。きっと疲れているからだ。だからありもしないものを感じてしまう。

「……ああ、畜生！」

声に出して罵ってみる。誰にも聞かれなかった。なのに誰かがその声を聞き取ったような気がしてならない。

これは相当疲れているな。誰かが聞き取るって誰なんだよそれ。うん、俺はおかしくなりかけている。気を付けなければ。ほら、なんとなく歩く足取りもおかしい。ふらついてないか、俺。

頭の中にぼんやりとした霧がかかってきた。足の下がふわふわと頼りない。それでもなんとか自分の車のあるところまで辿り着いた。駐車場と称しているものの、砂利を敷いた上にロープで車を停める区画を仕切っているだけの空き地だった。

車の陰に、何かいる。

眼を凝らしてみたが、形もよくわからない。猫くらい。いや、もう少し大きいか。こちらに背を向けてうずくまっているように見えた。

やめろ、行くな。心の声がする。しかし彼の足はふらつきながらも止まらなかった。ふらつく歩みで近付いていく。試液に浸けたリトマス試験紙が徐々に色を変えていくように、恐怖がゆっくりと彼の心を浸していく。それでも彼は近付いていった。

じゃり。自分の足が砂利を踏む音がやけに大きく聞こえた。

それが振り向いた。

ああ。あいつだ。あの顔だ。工場で見た、無表情な、あの顔。あの……。

体中の力が抜け落ちていく。意識が白い闇の中に呑み込まれる。

塚田は砂利を敷きつめた地面に、頭から突っ伏していった。意識が途切れる寸前、何かの鳴き声を聞いたような気がしたが、それが何なのかわからなかった。

15

ひどく厭な夢を見たような気がした。身動きの取れないまま自分がひどい目に遭わされている。それがどうひどかったのかは覚えていない。全身が泥水に塗れたような気分の悪さだけが残っている。意識を取り戻したとき、氏家は自分が最低な気分でいることに気付いた。そして同時に、頭部に鈍い痛みを感じた。無意識に手を頭にやろうとして、今度は手首に痛みを感じた。見ると両手首が白い包帯のようなもので縛られている。

「動かないで」

声のするほうに頭を動かした。妻の顔がある。

「動いちゃ駄目よ」

「……何だ？　これは何だ？　どういうことだ？」

「先生が縛ったの。あなたがあんまり暴れるものだから」

「暴れる？」

「覚えてない？　ここに運び込まれたとき、大声で喚いて飛び出そうとしたの」

「暴れてた？　どうして？」

「知らないわよ。ただ『来る！　来る！』とか騒いで飛び出そうとするから、しかたなく先生が縛りつけたの」

「そんなこと……そもそも、ここはどこだ？」

「病院。救急車で運ばれてきたことも覚えてない？」

救急車……痛む頭で記憶を辿った。そうだ、たしか俺は……殴られたんだ。

「大人げないわ。会社で社員と喧嘩だなんて」

「喧嘩……そうじゃない。俺はただ……」

俺は、逃げようとした。あの声から。そして……。

「これ、解《ほど》いてくれ」

「もう暴れない？」

「暴れるわけないだろ。早く解け」

妻はベッドのフレームに括り付けられていた包帯を解いた。氏家は自分で手首から包帯を外し、少し赤くなった痕を擦《さす》った。

「ここはどこだ？　今日は何日だ？」

「喜里第一病院。今は四月十一日の午後十時二十五分。お水、飲む？」

「ああ」

妻から水筒を受け取り、水を少し口に入れた。それだけでも少し気分が落ち着く。が、頭の痛みは消えなかった。手をやると頭に包帯が巻かれている。

「俺の怪我は、どんなだ？」

「そんなにひどくはないって。骨折もないし。でも念のために明日、脳波を調べるって先生が言ってたわ。ねえ、どうして喧嘩なんてしたの？」

「喧嘩なんか、してない。相手が一方的に因縁を付けてきただけだ。そう言えば、あいつはどうなった？」

「あいつ？　あなたを殴った相手？」

「そうだ。まだ工場で仕事してるのか」

「逃げたそうよ。今、警察が追ってるわ」

「警察？　なんで？」

「なんでって、あなたに怪我を負わせたからよ。立派な傷害罪だわ。殺人罪にならなくてよかった」

「殺人……」

そうか、俺は殺されていたかもしれないのか。

「あいつ、なんて名前だったか」

「光川、だって」

光川。ぴんとこない。現場で働いている社員の名前まで覚えてはいない。顔もかろうじて記憶にある程度だ。ちゃらちゃらした餓鬼《がき》だった。氏家は鼻を鳴らした。あんな奴に殺されかけたのか俺は。

「警察のひとが話を聞きたいって言ってたわ。殴られたときのことを知りたいって。多分明日また来ると思うけど」

警察か。面倒な話だ。

「わかった。何か飲み物はあるか。水は味がなくて嫌だ」

「どこかで買ってくるわ。何がいい？」

「コーラ」

妻が病室を出ていく。氏家はひとりになった。

あらためて天井を見上げる。くすんだ白い面にいくつかの染みが見える。貧乏くさい光景だった。

それにしても、どうしてこんなことになったのか。あの光川という奴がどうして突っかかってきたのか。どうして……。

考えているうちに記憶が戻ってきた。たしか崎村に怪談話を聞かされた。工場の隅にいた小さな人間みたいなもの。それが……。

――「うわんうわん」と鳴いたそうだ。

思わずあたりを見回す。病室には誰もいない。なのに声はすぐそばで聞こえた、ような気がした。

ぞわっと総毛立《そうけだ》つ感覚に襲われた。思い出した。俺は逃げていたんだ。あの声から。逃げる途中で光川とぶつかって、それで言い争いになって殴られた。そしてこの病院に運び込まれた。ということは、もう逃げられたのか。

いや、騙《だま》されないぞ。あいつはまだ俺を追っている。その証拠にさっき俺に囁《ささや》いたではないか。氏家は起き上がりベッドから出た。少しふらついたが、歩ける。そのまま病室を出た。

廊下には誰もいない。周囲に気を配りながら、そっと歩きだす。階段を下りようとしたが、階下から人の声が聞こえたので上がっていくことにした。自分のスリッパの足音が妙に大きく響いて癇に障る。それでも歩くしかなかった。

氏家の中にある冷静な部分が、自分の行動を非難する。おまえは何をしている？　どこに行くつもりだ？　何がしたい？　戻れ。そのほうが安全だぞ。しかし彼はその言葉に耳を貸さない。逃げなければという衝動のほうが強かった。

痛む頭を押さえながら階段を駆け上がり、行き着いた先にあるドアを開ける。冷たい風が頬を打った。

屋上だった。隣のビルの明かりがコンクリートの床をほのかに照らしている。空調の室外ユニット、受変電設備を収めたパネル、貯水タンクなどが雑然と並んでいた。

ふらふらと歩きだす。頭の痛みがまたひどくなってきた。だが逃げなければ。追ってくる。逃げなければ。逃げ――

うわん……うわん……。

「ひっ！」

氏家は耳を押さえて走りだす。あいつが追いかけてくる。

うわん……うわん……くわぅ……。

「やめ……やめてくれっ……お願いだから……！」

何かに衝突し、床に転がる。すぐに起き上がり、また走りだす。逃げなければ。それしか考えられなかった。

「いい加減に、してくれよぉ！　俺が何したっていうんだ！」

涙と鼻水を垂らしながら走る。また何かにぶち当たった。氏家は必死にそれを乗り越えた。

「俺は……死にたく――」

叫びながら一歩踏み出した先に、床はなかった。氏家はそのまま、虚空《こくう》に飛び込んでいった。

16

ひどく厭な夢を見たような気がした。それがどんな夢なのかは思い出せない。眼を開いたとき、すべては消えてしまった。ただ厭な気持ちだけが澱《おり》のように残った。

「気が付かれましたか」

女性が覗き込んできた。自分は横になっているのか。塚田は体を起こそうとした。

「まだ駄目です。しばらく安静にしていてください」

女性が制止する。ナース服を着ているのに気付いた。

「ここは?」

「喜里第一病院の第二病棟です」

「病院……どうしてこんなところにいるんですか」

「救急車で搬送されてきたんですよ。駐車場で倒れているのを発見されて」

「倒れてた? 駐車場?」

「記憶、ありません?」

塚田は額に手を当てた。

「……中本さんに呼び出されて工場に行こうとして、車に乗ろうとして、それから……どうなったか思い出せない」

「そこで気を失って、ある意味よかったかも。もしも運転中に気を失っていたら、とんでもないことになっていたかもしれませんよ」

言われて、ぞっとした。たしかにそうだ。車ごとどこかの家に突っ込んだり、対向車と衝突していたかもしれない。

無意識に左手首を見る。しかし腕時計はなかった。窓の明るさからすると、もう太陽は上っているようだ。

「今は何日の何時ですか」

「四月十二日の午前七時です」

「十二日……まずい」

思わずベッドから起き上がる。「会社に連絡をしなきゃ。呼ばれてたんだ」

「今は休んでください。お勤め先へは警察のほうから連絡を入れているはずですよ」

「警察……俺、警察の厄介になったんですか」

「持ち物を一応調べたそうです。行き倒れでしたからね。それで免許証と社員証から身許がわかって会社に問い合わせたと聞いています。会社のほうからどなたかいらっしゃるそうですから、今は休んでいてください」

看護婦は諭すように言った。

誰が来るのだろう？　中本は、多分アスカに行っているはずだ。業務の誰かだろうか。誰が来るにしても、気まずいことに変わりはない。ぶっ倒れて病院に運び込まれたなんて、恥ずかしすぎる。会社の仕事にも穴を開けてしまったし、この先どうやって挽回すればいいのかわからない。とにかく、一刻も早く会社に戻らなければ。

「いつまでここにいなきゃならないですか」

「検査の結果次第です。それで先生がＯＫを出されるまでですね。とにかくご安静に」

看護婦が出ていくと、塚田は病室の天井を見つめて息をついた。

SB9の光度不足の件はどうなったのだろう。出荷するときに測ったデータでは基準値内に収まっていたのはたしかだ。だが全品を調べたわけではない。測定しなかった品物に不具合があったということか。品質にばらつきがあるわけだ。何が原因だろうか。すぐに原因が特定できて簡単に対策できるといいのだが。原因究明に時間がかかって次の試作に対策を反映できないということになると厄介だ。また長々と会議をして、アスカと胃の痛くなるような折衝を重ねて、対策品の調達に追われて帰れなくなるな。いつになったらこんな状況から解放されるのだろう。いつになったら……。

考えているうちに、どんどん気持ちが落ち込んでいく。手がけている仕事が永遠に終わらないような気がしてくる。いっそこのまま病院に籠もってしまいたい。ここから出なくていいようにしてもらいたい。いや、それは駄目だ。仕事の責任は果たさなければ。途中で逃げ出すのは卑怯だ。みんな一生懸命に自分の仕事を続けている。自分だけが逃げるわけにはいかない。

ふたつの思いに引き裂かれ、塚田は思わず呻《うめ》いた。もう、どうしたらいいのかわからない。

ついこの前、いっそ入院でもしてしまえば、まさか病院まで仕事が追いかけてくることもないだろうと妄想したことを思い出した。あれは間違いだ。入院しても、仕事からは逃れられない。

ノックの音がした。返事をするのも億劫《おっくう》だったが、それでも言った。

「どうぞ」

入ってきたのは看護婦ではなかった。

「……斎藤さん？　どうして？」

「中本係長に言われたんです。様子を見てきてくれって。わたしの家、この近くだから」

恵里は普段着だった。顔色がひどく悪いように見えた。出社前に用事を言いつかって機嫌が悪いのかもしれない。

「そうか。悪かったね」

先程までの悶々とした気持ちを押し隠し、なんとか笑みを作った。

「俺は大丈夫だ。明日にでも出勤できると思う」

「そうですか。よかった……」

恵里が泣きだした。

「おい、どうしたんだ？　泣くほどのことでもないだろう？」

「違うんです。もう、どうしたらいいのかわからなくて……」

恵里は立ったまま泣きつづける。

「もしかして、光川が見つかったのか」

「違います。そうじゃなくて……亡くなったんです」

「ああ、高村課長のことなら、昨日中本さんから聞いたけど、残念だった」

塚田が言うと、恵里は泣きじゃくったまま、

「高村さんだけじゃなくて……だけじゃなくて……氏家課長まで……亡くなりました」

「……え？」

「死んだんです。この病院で」

「まさか……」

塚田は言葉を失くした。あの氏家までもが、死んだ。にわかには信じられない。

「俺が見たとき、そんなにひどい怪我だとは思わなかったけど……」

「違うんです」

恵里は首を振った。「氏家課長、飛び降りたって」

その言葉の意味を、塚田はすぐには理解できなかった。

「病院の屋上から飛び降りて、死んだんです」

「飛び降りる……どうして？」

郵　便　は　が　き

料金受取人払郵便

代々木局承認

6948

差出有効期間
2020年11月9日
まで

1518790

203

東京都渋谷区千駄ヶ谷4-9-7

(株) 幻冬舎

書籍編集部宛

1518790203

ご住所　〒
都・道
府・県

フリガナ
お名前

メール

インターネットでも回答を受け付けております
http://www.gentosha.co.jp/e/

裏面のご感想を広告等、書籍のPRに使わせていただく場合がございます。

幻冬舎より、著者に関する新しいお知らせ・小社および関連会社、広告主からのご案内を送付することがあります。不要の場合は右の欄にレ印をご記入ください。

不要 □

本書をお買い上げいただき、誠にありがとうございました。
質問にお答えいただけたら幸いです。

◎ご購入いただいた本のタイトルをご記入ください。

『　　　　　　　　　　　　　　　　　　　　　　　　　　　』

★著者へのメッセージ、または本書のご感想をお書きください。

●本書をお求めになった動機は？
①著者が好きだから　②タイトルにひかれて　③テーマにひかれて
④カバーにひかれて　⑤帯のコピーにひかれて　⑥新聞で見て
⑦インターネットで知って　⑧売れてるから／話題だから
⑨役に立ちそうだから

生年月日	西暦　　年　　月　　日（　　歳）男・女			
ご職業	①学生	②教員・研究職	③公務員	④農林漁業
	⑤専門・技術職	⑥自由業	⑦自営業	⑧会社役員
	⑨会社員	⑩専業主夫・主婦	⑪パート・アルバイト	
	⑫無職	⑬その他（　　　　　　）		

このハガキは差出有効期間を過ぎても料金受取人払でお送りいただけます。

ご記入いただきました個人情報については、許可なく他の目的で使用することはありません。ご協力ありがとうございました。

「わかりません。意識が戻って、奥さんが買い物に行ってる間に病室を抜け出して屋上に行ったみたいだけど、どうしてそんなことをしたのかわからないそうです。みんな、訳がわからないって……」

恵里は泣きながら、

「これってミッちゃんのせいなんですか。ミッちゃんが頭を殴ったから、課長は自殺したんですか」

「いや……殴られたことと自殺との関連は……わからない」

塚田は率直に言った。

「それで、光川は見つかった？」

「まだです。どこにいるのかわかりません。みんな、高村さんもミッちゃんが殺したって言ってます。もう、どうしたらいいのか……」

「……そうか……」

塚田は体を起こした。

「これから出勤するよ」

「え？　大丈夫なんですか」

「ああ。医者に頼み込んで退院させてもらう。斎藤さんは先に会社に行っててていいよ。光川や氏家さんのことは、あまり気にしないように。もちろん高村さんのことも。どれも斎藤さんの責任じゃないんだから」

「でも……」

「自分でどうにもできないことは、どうにもできないんだ。だからどうにかなったときに、自分がどうするかを考えておけばいい」

「……なんか、意味がわかんない」

「そうか。俺も言っててよくわからない」

そう言うと、恵里は少し笑った。

「塚田さんって、面白いですね」

「そうかな。みんなからはつまらない奴だって言われてるけど。まあいいや。斎藤さんは自分のことだけ気にしてればいいよ」

「塚田さんも、そうするんですか」

「俺は……」

言いかけて、言葉が途切れた。溜まっている仕事。他者に対する責任。それは自分のことなのか。

「……俺は、やらなきゃならないことをやる。それだけだ」

17

手を伸ばした先に、笹の葉が揺れている。

葉を握りしめ、手を引いた。掌に鋭い痛み。手を開くと、うっすらと赤い線ができている。そこからかすかに血が滲む。

痛み。悪くない。痛みは心地いい。

もっと多くの痛みを、自分にも、彼らにも。

18

塚田が喜里工場に着いたのは午後二時過ぎだった。医師に退院の許可を取り付け、自分の運転はさすがに怖いのでタクシーで向かった。

工場内に入ったとたん、思わず足を止めた。搬出口からフォークリフトがパレットに載せた完成品入りの折りコンをトラックに積み込んでいる。いつもと変わらない光景だ。なのにどこか違う。

フォークリフトから降りてきた作業員が積荷を確認しようとして躓《つまず》きかけた。

「くそっ！　何だこれ」

毒づきながら踏みつけていたのは、地面から伸びている緑色のものだった。近付いてみて、気が付いた。笹だ。アスファルトの割れ目から笹の葉が伸びてきている。いや、笹がアスファルトを割って出てきたのだ。

塚田は顔を上げ、周囲に眼をやった。気が付けばあちこちに笹が伸びている。小山のように繁茂《はんも》しているところもある。まるで人間の領地を侵犯しようとしているかのように。

いつの間にこんなに広がっていたのだろう。まったく気付かなかった……いや、気付いていた。最近ちょっと笹が目立つなと思っていた。でもほとんど意識の外に追いやっていたのだ。それがこんなことになっていたなんて。

なぜだか、息の詰まるような気分になった。

「塚田さん」

不意に声をかけられ、飛び上がりそうになる。

「すみません。驚かせるつもりはなかったんですが」

振り向くと、男が立っていた。

「豊島、さん？」

「そうです。昨日はどうも」

豊島刑事は申しわけ程度の会釈をしてきた。

「具合が悪くなって入院されたと聞いたんですが、大丈夫ですか」

「あ、はい。退院していいと言われたので」

「そうですか。しかし少し休まれたほうがいいんじゃないですか。徹夜した上で仕事をしたり私たちに付き合ったりして、かなり疲れていらっしゃるようなのに」

「休めればいいんですけどね」

そう言ってから、ふと思いついて尋ねた。「高村課長が亡くなったと聞きましたが」

「ええ、残念なことです。署では傷害致死事件として捜査を続けています」

「光川が容疑者ですか」

「最も疑わしい人物です。いまだに行方がわかりませんしね」

「そうですか……それと、氏家課長も亡くなったと聞きましたが、本当に病院の屋上から飛び降りたんですか」

「こちらも今、捜査してます。でも、多分そうでしょうね」

「でもどうして飛び降りなんか……」

「わかりません。亡くなる前に氏家さんと話した奥さんによると、そのときは特に変わったことはなかったようです。ただ」

「ただ？」

「意識を回復する前、眠ったまままうなされていたそうです。『来る！　来る！』って」

「来る……何が？」

「さあね。頭を殴られたせいで変な夢でも見たのかもしれませんな……ん？　どうされました？」

「……え？　何がですか」

「急に座り込んで、どうかしたんですか」

言われて気付いた。無意識にその場にうずくまっている。

「ああ、すみません。ちょっと立ちくらみがして」

「やっぱり無理してませんか。少し休まれたほうが」

「いえ、大丈夫です」

塚田は立ち上がる。とたんに軽い眩暈が襲ってきた。本当に立ちくらみになったようだ。

「それで刑事さん、氏家課長の死は事件になるんですか」

眩暈を起こしていることを覚《さと》られないよう我慢しながら、尋ねた。

「それはどうでしょうね。誰かに突き落とされたというのならともかく、自分で飛び降りたのだとしたら事件性はないでしょう。事実関係を確認するだけで終わると思います。それより問題は光川平次の行方です。潜伏先となりそうなところを片っ端から調べてるんですけどね。こちらも調べるつもりですが」

「工場内もですか」

「塚田さんが仰ったように、光川はこの工場に留まっている可能性もあります。今、橘工場長に了解を取ってきました。これから署の人間十人で捜索をさせてもらいます」

「警察はかなり本気みたいですね」

「事件の早期解決を求められていますから」

「どこからですか」

塚田の質問に、豊島は人差し指を天に差し向けた。

「喜里工業団地は県が威信をかけて造成したものです。県としてはいささかの傷も付けたくない」

「だから早く解決しろとお達しがあったわけですか」

「刑事も公務員。使われる側の悲哀はわかっていただけるかと」

豊島は意味ありげな微笑みを浮かべる。そして尋ねてきた。

「ところで、何が『来る』のか心当たりがあるのでしょうか」

「何のことですか」

「先程の氏家さんの話ですよ。何かが『来る』とうなされていたと聞いて、あなたは急に気分を悪くされた。何が来るのか、ご存じなんですか」

「いえ」

否定してから少し間を置き、塚田は言った。「でも、思い出したんです。昨日、気を失う寸前のことを。駐車場の車の陰に、何かいた」

「何かというと?」

「わかりません。『何か』としか言えない。人間じゃなかった。でも野良犬や野良猫とも違った。何か別の……生き物……いや、生き物かどうかもわからない存在です」

「あやふやな言いかたですね」

「しかたないでしょう。俺にもよくわからないんだから。でもそれは、初めて見たものじゃなかった。この工場でも何度か見かけました」

「どんなものですか。覚えているだけでいいですから教えてください」

豊島に言われ、塚田は記憶をまさぐる。

「……人間よりずっと小さくて、でも手足はあったような気がします。それと顔も」

「どんな顔ですか」

「無表情、としか言えません。何の感情も読み取ることができない」

「表情云々ということは、人間の顔に似ているのですか」

「そう……言われてみると、人間っぽいかもしれない。でも絶対に人間じゃない。あんな人間、いません」

塚田は首を振って、「やっぱり幻覚かもしれない。疲れて変なものを見たと錯覚してるんでしょう」

しかし豊島は考え込むように指で自分の唇あたりを捻りながら、

「じつはね、私も見たんですよ。その妙な奴を」

「え？　いつですか」

「うんと昔、まだ餓鬼の頃です。私も地元の人間でしてね。工業団地なんて影も形もなくて、ここが笹っ原だった頃、どんな理由だったか忘れましたが、ここへひとりで来たことがあったんです。一面笹しかない斜面でね。他のところにはいるバッタやトンボも、ここにはいなかった。子供にとっては面白くも何ともない、むしろ不気味な場所でした。ほんと、どうしてひとりで来たんだろうなあ」

豊島はかすかに苦笑する。「まあとにかく、私ひとりで笹の中を歩いていたんですよ。そのときにね、足先に何か当たるものがあった。何だろうと笹を掻き分けてみたら、そこにあったのは……あれ、なんていうんでしたっけ？　仏さんとか神さんとか祀《まつ》る小さな神社みたいなもの」

「祠、ですか」

「ああ、それそれ。ひどくぼろっちいやつでしたけどね、その祠だったんですよ。屋根があって扉もあって。子供がそういうの見つけたら、どうすると思います？」

「開けますね」

「そう、開けました。そしたら中に石が入ってました。高さ五十センチくらいかな、白っぽい石でした。それにね、何かが彫り込まれてたんです。何だろうと思ってよくよく見てみると、人間とも動物とも言えない、奇妙なものでした。顔はあった。その顔がね、なんとも気味悪かった」

豊島はかすかに顔を顰めた。

「どう気味が悪いのかって説明は難しいな。でも塚田さんが言ったのに似てますよ。表情がまったくなかった。怖くなって、すぐに逃げてきました」

「それは、一体何なんですか」

「さあね。祠に入ってたってことは、ここで祀ってたものでしょうが、そもそもここは昔から人なんか住んでないし、このあたりで祭りとかをやってたって記憶もない。年寄りなら知ってたかもしれないが、私もこのことは誰にも話してないんで、確認はしてません。何だったんだろうなあ、あれ」

「このあたりで昔、何かを祀っていたということですね。その祠はここが開拓されたときに、どうしたんでしょうか」

「知りませんよ。どこかに移したか、それとも取り壊されたか。いずれにしても、今はもうない」

そのとき工場内に二台のパトカーが入ってきた。

「お、援軍だ。いや、変なことを聞かせてしまってすみません。あまり気にしないでください。じゃあ」

豊島は敬礼のような挨拶をしてパトカーに向かって歩き去った。塚田はしばらく彼の後ろ姿を見ていたが、ふと眼が覚めたように身震いすると、事務所に向かって歩きだした。

「塚田さん、大丈夫ですか」

工場棟に入るなり、派遣社員の篠島が声をかけてきた。「急に倒れて病院に担ぎ込まれたと聞きましたが」

「もう大丈夫です。ご心配かけてすみません」

「本当に？　顔色がまだ良くないですよ」

「顔色は、もともといいほうじゃないですから」

言い訳しながら歩きだす。篠島も一緒に歩きながら、

「警察、本腰で工場内を捜索するようですね」

「ええ、さっき刑事さんから聞きました。援軍も到着したみたいですよ」

「そりゃ大事だ」

さして大事とも思っていないような口調で、篠島は言った。「光川さんはどこにいるんでしょうね。本当に工場の中にいると思いますか」

「どうでしょうか。でも高村課長もここで襲われたわけですから、そのときは間違いなく彼も工場内にいたわけです。今はもう逃げてしまったかもしれないけど」

「そうですよねえ。いつまでもここに潜んでいるわけがない。他に目的があれば別ですが」

目的。目的なら、ある。

「崎村課長もターゲットらしいですね」

篠島が言った。「それと、あなたも」

塚田は立ち止まる。

「どうして、それを？」

「崎村さんが言いふらしてますよ。俺も狙われてる。塚田もだ。だから早く光川を捜して捕まえてもらわなきゃって」

「あのひと……余計なことを」

「氏家さん高村さん崎村さんは課長だけど、どうしてその中にあなたも入ってるんですか。何か恨まれるようなことをしました？」

「多分、この前の試作です。あれで休日出勤させたから根に持っていたのかもしれません。だけど、それくらいのことで恨まれたんじゃ割に合わないな。俺が彼を指名して休日に仕事をさせたわけじゃないのに」

「そういう理屈は感情の前では通用しませんしね。彼にとってはあなたも自分に無理をさせる人間のひとりという認識なんでしょう。やっぱり彼が見つかるまで出社しないほうがよかったんじゃないですか」

「そうはいきませんよ。仕事が溜まってるんだから」

塚田は抗弁する。

「ただでさえ半日を無駄にしてしまった。これからそれを取り返さないといけないですしね」

「なるほどね」

篠島は頷く。「でもね塚田さん、考えたことありますか。あなたがそこまで自分を犠牲にして働いて、それで何の得になるのか」

「何のって……」

決まっているではないか。そう言い返そうとして、言葉に詰まった。

——俺は、やらなきゃならないことをやる。それだけだ。

朝、恵里に投げた言葉が自分に返ってくる。やらなきゃならないことって、どうしてやらなければならないのだろう。

「サラリーマンである以上、任されている仕事をやり遂げるのは当然です」

篠島が代わりに言った。

「でもそれが自分のキャパシティを超えたものだったら、そこまで引っ被《かぶ》る必要はないでしょう。適正な仕事を割り振らない上司の責任ですから」

「そうは言っても、誰かがやらなきゃならないでしょう？　もっと人員を増やして仕事量を分散してくれるならともかく、今いる人間でこなしていくには、どうしても負荷がかからざるを得ないわけで」

「それこそ、経営者側が考えなきゃならないことです。それをどうして一雇用者でしかないあなたが責任を感じなきゃならないのですか」

「じゃあ、仕事を放り出せと言うんですか」

つい声が大きくなる。

「そんなことできないでしょう？」

「なぜ、できないのですか」

「やらなきゃ、クビになるからですよ。篠島さんみたいに立派なキャリアがあって派遣社員でやっていけるひととは違う。俺は――」

「派遣社員なんて、そんなに立派なものじゃないですよ」

篠島が言った。「いろいろな制約に縛られた奴隷《どれい》みたいなものです」

「奴隷って、そんな」

「あなたには派遣の実態がわかっていない。あなただって、いずれは派遣社員になるのに」

「俺が？」

思ってもみないことを言われ、塚田は驚いた。篠島は言葉を続ける。

「今は派遣法で十六の業務だけが認められていますが、いずれ範囲は広げられるでしょう。将来的にはほとんどの業務で派遣が認められると僕は予想しています。もちろん今、あなたがしている仕事も」

「それって、どういうことですか。派遣になったらどうなると？　今みたいに過酷な仕事をさせられなくなるんですか」

「それはわかりません。運用次第です。ただ特定のスキルを必要としない業務まで派遣社員が受け持つことになると、あまり労働者にはよろしくない状況になるのではないかと思います。まあそれも、後の人々次第でしょうが」

篠島の言っていることが塚田にはぴんとこなかった。

「その話と俺の今の仕事と、どんな関係があるんですか」

「仕事というものを考え直してはどうかということです。あなたの健康や精神を損なうほどの価値があるのかどうか」

それだけ言うと、篠島は去っていった。残された塚田はもやもやしたものを呑み込まされたような気持ちで、しばらくそこに佇《たたず》んでいた。

「おい塚田。大丈夫か」

いきなり肩を叩かれ我に返る。中本だった。

「ぼーっと突っ立って、どうかしたのか」

「あ……すみません、大丈夫です。ご迷惑をおかけしました」

「ほんとにか？　まだ本調子じゃないんだろ。休んでなくていいのか」

「本当に大丈夫です。あの、アスカの件ではご迷惑をおかけしました。どうなりました、SB9の光度不足の件は?」

「不良品を持ち帰って調べてみたんだが、リフレクタの表面処理が悪くて曇ってたんだ。試作のときに神田精工に急がせて作っただろ。あのときにちょんぼしたらしい。すぐに富《とみ》山《やま》を行かせて工程のチェックをした。再発防止はできてる」

「そうでしたか。原因がすぐにわかってよかったです」

「その件以外では納めた試作品の評価は悪くないみたいだ。ライン立ち上げまであと二ヶ月だ。もうひと踏ん張りだな」

中本の言葉に、塚田は深く頭を下げた。

「ありがとうございます。他に俺がいない間に何か問題はなかったですか」

「多分大丈夫じゃないかな。二宮に訊いてみてくれ。あいつが急な仕事は代行してたから」

「わかりました。それで、高村課長のことですが」

「ああ、とんでもないことになった」

中本の表情が曇った。「とにかく課長の穴を埋めなきゃならん。今は前野《まえの》さんが課長代行ということになった」

前野も品質管理課の係長だ。中本より年上でキャリアも積んでいる。人選としては至当なところかもしれなかった。だが……。

「どうした？　何か不満か」

「いえ。課長の代わりなら中本さんかと思ってましたから」

「おいおい、そんなところにまで出世争いの噂を持ち込まないでくれよ」

中本は苦笑する。次期課長として一番に名前が挙がっていることを、中本自身意識しているのだろう。

「変なことに気を揉まないで、出勤できたならちゃんと仕事しろ」

もう一度塚田の肩を叩き、中本は行こうとした。が、思いなおしたように向かい合って、

「それより、おまえも気を付けろよ」

「光川のことですか」

塚田がそう応じたとき警察の一団が工場内に入ってきた。

「始まったか」

中本が言った。そして言葉を続ける。「あいつがこの工場に潜んでいるなんて、俺は信じてない。あいつはどこかに逃げちまったに違いない。だって飯や糞はどうする？　ずっと潜んでいられるわけがない。そうだろ？」

「まあ、そうかもしれません。でも、確認は必要でしょう」

「確認、か。まあそうだな。ここに奴がいないとわかれば崎村さんもおまえも安心して仕事ができる」

中本は微笑んだ。「俺も、後ろを気にしないでいられるしな」

「まさか、中本さんも狙われてるんですか」

「わからん。次は俺が死ぬかもしれん」

そう言ってから、中本は笑った。「冗談だ。俺は大丈夫だよ。ただ、みんなが不安に感じてるんだ。この工場のみんながな」

そう言った中本の顔を見て塚田は、はっとした。

こんなに顔色の悪いひとだっただろうか。

問いかける前に、彼は歩き去っていた。

19

空気が変わっている。そう実感した。

半日いなかっただけなのに職場の雰囲気がまるで違うものに感じられた。

「やあ塚田君、無事に戻ってこられてよかったね」

手を上げて迎えたのは前野係長、いや課長代行だった。

「病み上がりなんだから無理しないでね」

「はい。ご心配をおかけしました」

塚田が頭を下げると、

「ゆっくり仕事してね。といってもあんまりゆっくりもできないか。まあ、体に無理のない程度にね。今日、SB9の新製品会議があるんだったよね。出られる?」

「はい。資料は作ってありますから」

「わかった。じゃあ頼むよ。中本君も期待してたみたいだから」

前野は柔和な笑みで頷く。塚田は再度一礼すると、自分の席に着いた。

なるほど、空気が違うのはトップが代わったからか。塚田は理解した。前野は人当たりが良く、丸い顔立ちと穏やかな表情から「お地蔵さん」と呼ばれている。ぎすぎすした空気を漂わせていた高村とは人柄が随分と違う。ただ問題なのは、前野がそれほど有能ではないことだ。彼の部下は怒られもしない代わりに、あまり上司を頼りにもできないでいた。それがこの課全体の問題になるわけだ。

やはり中本のほうがよかったな、と塚田は思う。高村とはまた別のひりひりとした空気を生み出すかもしれないが、頼りにはなる。

机の上には未処理の書類が山のように積まれていた。まずはこれをすべてチェックして、緊急の案件を優先して処理していかなければならない。それだけで定時の午後五時を過ぎてしまう。今日も当然のことながら残業だ。

「お先に失礼します」

そう言って恵里が事務所を出ていった。病院ではあんなに話したのに、出社してからはほとんど言葉を交わさなかった。彼女の心中を思うと、おざなりなことも言えない。

「警察、来てますねえ」

事務所に入ってきた米田が他人事のように言った。

「今、表面処理課のほうを調べてるよ。溶剤のタンクにでも隠れてると思ってるのかな」

「そんなところに入ってたら死んじゃうよ」

二宮が笑いながら返す。「隠れてるとしたら、あそこだな。屋根裏」

「逆に真っ先に捜されるさ。あんなところにいたら一発で見つかる。ねえ塚田君、光川はどこにいると思う?」

米田が訊いてきた。

「工場にはいないと思います。いたら絶対に見つかりますから」

塚田が答えると、

「そうだよな。俺だってそんな馬鹿なことしないよ。でもさ、だったらどうやって高村課長を襲ったんだと思う？」

「それは――」

「課長を殴って、すぐに逃げたんでしょ」

塚田を遮るようにして、二宮が言った。「で、今は潜伏中」

「どこに？」

「恵里ちゃんとこ、とか」

二宮が下卑《げび》た笑みを見せる。

「あの子ならボーイフレンドを匿《かくま》うかも」

「恵里ちゃんって独り暮らしだったっけ？」

「どうだったかな、たしか――」

「両親と一緒に住んでます」

今度は二宮を遮って、塚田が言った。

「光川を家に隠すなんてこと、できないですよ」

「へえ、恵里ちゃんの家庭の事情に詳しいんだねえ」

米田が茶化すように言った。

「前に聞いたことがありますから。とにかく、あの子が匿ってるとは思えません」

「でも、行き先は知ってるかもよ。警察に尋問されてなかったっけ？」

米田の言葉に、

「事情は訊かれたみたいだな」

二宮が応じる。

「かわいそうだよねえ。恋人があんなことしたんじゃ」

米田はどこか楽しそうに言う。

「今だったら気持ちが揺らいじゃって、誰にでも身を任せるかもね。塚田君、どう？」

「え？」

「恵里ちゃん、今なら手に入れられるよ」

思わず言い返そうとしたが、

「米田がかっさらえばいいじゃない」

またも二宮が口を挟む。米田は大仰に手を振って、

「俺は嫌だよ。あんな中古品」

「中古って、まだ若いのに」

「若くても使い古しじゃないか」

塚田は席を立ち、事務所を出た。このままあの場にいたら、彼らに向かって怒鳴りつけてしまいそうだった。

そのまま二階の品質管理課検査室に向かった。製造品の性能検査をするために作られた個室だ。ドアを開けると、室内は真っ黒に塗りつぶされている。窓もない。その中でテーブルランプだけが光って、机の前にいる人物の顔を照らしだしていた。

「やあ塚田さん、もう大丈夫なんですか」

その人物——検査係の唐田が片手を上げた。眼鏡の奥から人懐っこい笑みを見せる。

「心配かけてすまなかった。SB9のリフレクタが悪かったって？」

「そうなんですよ」

唐田は部屋の明かりを点けると、足下に置いた段ボール箱の中から湾曲した金属板を取り出した。ランプの内部に取り付け、電球の光を反射して前方に向けるリフレクタだ。

「こっちが正常品。こっちが不良品です」

塚田はふたつを見比べる。どちらも加工した鉄板に銀色塗装処理をしているが、不良品のほうはたしかに色合いが薄く見える。といっても、比較してやっとわかる程度だ。

「これは、見逃しやすいな。いや、試作の管理をしていたのは俺だから、ただの言い訳になってしまうけど」

「俺も難しいところだと思います。かなり微妙な差ですよね。これが駄目だとなると、量産でも同じような問題が起きるかもしれない」

唐田は別のリフレクタを手で弄びながら、「正直なところ、今の仕様じゃ光度不足ぎりぎりなんですよ。良品判定の幅が狭すぎる。だから前から銀色塗装じゃなくて、もっと反射効率のいいアルミ蒸着にするべきだって、それこそ設計段階から言ってるんですけどねえ」

「アルミ蒸着は高価になるから駄目だって言われたよ」

「知ってます。でもね、こういうところに金をかけないで、どこがアスカのフラッグシップモデルって言うんでしょうねえ。結局見た目のラグジュアリー感だけじゃないですか」

穏やかな口調だが、辛辣な言葉だった。

「見た目ばかりに気を遣って中身がお粗末。ある意味、今の日本を象徴してるような車ですよね」

「社会批評か」

塚田が言うと、唐田は肩を竦める。

「そんな立派なものじゃないです。ただね、こうやって毎日検査室に籠もって、ときには一日中ずっと真っ暗な中で検査をしてると、この国の景気がいいなんて話が嘘みたいに思えてくるんです。本当に誰か、儲かって幸せな奴がいるんでしょうかね？」

「いるみたいだよ。車だって今は高級車から売れていく。土地もどんどん高くなって、億ションが次々と建って、それがあっと言う間に買われていくらしい。俺とは無縁の世界だけどね」

「不思議な話ですよねえ。俺たちこんなに一生懸命働いてるのに、家一軒買えない」

「買う気あるの？」

「ないですよ。まだ独身だし。でもね、いずれは結婚して二世帯住宅を建てて、なんて気持ちはあるんです。そうしてくれって親にも言われてるし。でもそんなの、夢のまた夢です」

唐田は諦めたように言った。「あーあ、世界は不公平だなあ。革命でも起きないかなあ」

「不穏《ふおん》分子だな。公安に連れてかれるぞ」

「こんなところで愚痴ってたって、警察に聞かれたりしないですよ」

「そんなことはない。今、工場に警察が入ってるの知らないのか」

「え？　何でですか」

「そりゃ氏家さんと高村さんの件だよ」

「現場検証ってやつですか」

「それもあるかもしれないけど、光川を捜すのが一番の目的らしい」

「光川？　あいつ、ここにまだいるんですか」

「その可能性もあるからって」

「どうだかなあ。さっさとどこかに逃げてると思うけど。あいつ、強がるところがあるけど案外小心者だから」

「光川のこと、知ってるのか」

「高校の後輩です。部活が同じでした。地区大会で一勝もできない弱小野球部でね。俺がキャッチャーであいつがピッチャーだったことがあるんですけど、眼を見張るばかりのノーコンで、指示したところに投げられたためしがない。なんですぐに代えられました。そのときに随分と怒ってね、顧問の先生に食ってかかったんだけど、怒鳴られたらすぐにシュンとしちまって、結局退部。悔しいなら練習して上手くなればいいのに、その努力はしないで逃げちまった。そういう奴でした。カッとなりやすいタイプだったから、見境なく襲ってしまったのかな。それで怖くなって隠れちゃった。あ、そう言えば塚田さんも狙われてるんでしたっけ？」

「ここにもそんな噂が届いてるのか。崎村さんが広めたかな」

「そうみたいですね。俺は又聞きの又聞きですけど。そんなに奴に恨まれてるんですか」

「どうだろうな。誰にどう思われてるのかなんて、自分にはわからないものだし」

「でも、どうなんだろうなあ……」

唐田は首を捻る。「光川の奴、そこまで執念深いかなあ。さっきも言ったようにカッとなりやすいタイプではあるけど、しつこく根に持つようなことはしないような気がするんだけど」

「でも、氏家さんのことはともかく、高村さんを襲ったのは衝動的ではないように思うがな」

「そうですよねえ。でもねえ……」

唐田はまだ納得できないようだったが、「まあ、俺だってあいつのことを何もかも知ってるってほど親しいわけじゃないし。所詮他人のことなんかわからないですしね。それで、警察はどこを捜してるんですか」

「さあね。多分業務の人間に案内させて、隠れられそうな場所をひとつずつ確認してるんじゃないかな」

「だったら、この検査室なんてうってつけだな」

「君が匿ってるのか」

「どうでしょうね。後輩のよしみで、ってほど親しくないし、犯罪の片棒を担ぐ気もないし」

そう言って唐田は笑う。塚田もつられて笑った。

「氏家さん、自殺ですって？」

その笑みを、唐田の質問が打ち消した。

「……ああ、そうみたいだな」

「それも不思議だなあ。自殺するようなタイプには見えなかったけど。そもそも光川と喧嘩して怪我して、それでどうして自殺なんかしたんでしょうね。理屈がわからない」

「俺にもわからないよ。なんかもう、ぐちゃぐちゃだ」

「ぐちゃぐちゃっていうより、もう狂ってますよ、この会社。だってそうでしょ。課長がふたり社員に殴られて死んだ。犯人はまだ捕まってない。こんなことが起きる会社なんてありますか。しかも、こんな異常事態なのに、工場の中はまるで何もなかったみたいなふうで、いつもどおり仕事を続けてる」

「仕事は続けるしかないだろう。得意先のラインを止めるわけにはいかないんだから」

「それですよ。何があっても得意先のラインは止められない。社員が死んでも、頭のおかしな社員がどこかに潜伏してても、それでも製品は作らなきゃならない。そのことをみんな、何とも思ってない。おかしいですよ」

「何とも思ってないわけじゃないさ。みんな不安に思ってるはずだ」

そう言ってから、気付いた。工場に来てからの違和感。それはきっと、社員たちが抱いている不安のせいだ。

不安と恐怖、そして緊張感が張りつめている。

「このままだと……」

「え？」

「いや、何でもない」

塚田は首を振って取り繕う。思っていることを口に出してしまったことに当惑していた。

胃のあたりに重いものを感じた。

20

検査室を出て一階に下りたとき、それを眼にした。

警官がひとり、工場内を駆けていったのだ。

まさか。塚田は急いで後を追った。

警官は成形課のフロアに向かっていた。成形機が製品を作り出すリズミカルな音が大きくなってくる。それに混ざって人の声がした。喚いているような争っているような雑多な声だ。

やがて見えてきたのは数十人の人だかりで、何かを取り囲んでいるようだった。その中心で誰かが意味不明なことを叫んでいる。

「何があったんだ？」

目の前にいた成形課の人間に声をかける。彼は当惑したような表情で、

「池上《いけがみ》が、おかしくなった」

と言った。

「池上？　生産技術の？」

「そう、あいつがいきなり先輩に殴りかかった」

「先輩って……まさか」

塚田は人垣を掻き分けて奥に入った。

羽交い締めにされた男がもがきながら叫んでいる。何と言っているのか聞き取れない。

他に数人が彼を押さえつけている。そして床にひとり、うずくまっている男がいた。

「徳井？　どうした？」

塚田もしゃがみ込む。徳井はこめかみのあたりを押さえ眼を閉じていた。

「……痛ってえ……まともに殴られた」

掠れた声で徳井は言う。

「何があった？　喧嘩か」

「喧嘩なんて……俺はただ……」

押さえつけられている男が、また喚いた。

「……ってやるああああっ！」

「落ち着け池上！」

同僚が叱りつける。しかし池上は聞いている様子もなく、獣じみた目付きであたりを見回し、また吠えた。

「んな、みんなしぬ！　しぬんだああっ！」

池上が暴れるたび、アルコールの甘ったるい臭いが広がった。

塚田はうずくまったままの徳井を人々の輪から外に出した。

「大丈夫か」

「ああ……」

徳井は頭を押さえたまま、ふらふらと立ち上がる。

「どうしてこんなことになったんだ？」

「どうもこうもない。池上がふらふらっとやってきて、運転中の成形機に首を突っ込んだんだ。閉じようとしている金型の間に」

「まさか」

射出成形する際に金型には何トンもの圧力がかかる。頭を挟まれたら簡単に潰れてしまうだろう。

「もちろん安全装置が働いて金型は止まったよ。でもあまりにも不用意だから注意したんだ。そしたらいきなり」

徳井は自分のこめかみに拳を当てた。「俺を殴り飛ばしてから池上の奴、緊急停止している金型にまた頭を突っ込んでた。あいつ、自殺するつもりだ」

「金型に頭を潰させて自殺？　正気の沙汰じゃないな」

そのとき、先程の臭いを思い出した。

「池上、もしかして酔ってるんじゃないか」

「ああ、かなり飲んでる。昼間っから、しかも工場の中で酒を飲んだんだ。信じられん」

徳井が首を振ったのは痛みのせいなのか、それとも呆れたせいなのか。「どういうことなんだ？　あいつは生真面目で酒も全然飲めないんだ。飲み会でも烏龍茶ばかり飲んでるような奴なんだ。それがどうして会社で酔っぱらって自分の頭を潰そうとしたんだ？　訳がわからん」

そのとき、人だかりの間から声が聞こえた。

「みんなしぬんだああっ！」

「死ぬって何だ⁉」

徳井が怒鳴りつける。

「池上！　何があったんだ？　教えろ！」

人垣が分かれ、数人に押さえつけられたままの池上の姿が露になった。視点が定まらないのは酔っているからだろうか。口許から涎《よだれ》を垂れ流し、涙も流していた。

「わかんないんですかあっ！　このこうじょうにいるみんな、しぬんですよおおおっ！」

「だからなぜ？　なんで死ぬんだ？」

徳井が必死に問いかける。池上は呂律《ろれつ》の回らない口で、

「ゆるされないからです……みんな、ばつをうけるんだ……」

かろうじて、そう聞き取れた。

「許されない？　罰？　何だそれ？　意味わかんないぞ！」

食ってかかろうとする徳井を、塚田は止めた。その間に集まってきた数名の警官が、池

上を連れ出す。

「どこに連れてくんですか」

塚田が尋ねても、警官たちは答えなかった。

「よりによって、警察が来てるときにこんなことになるとはなあ」

一部始終を見ていた成形課の水谷《みずたに》係長が嘆息する。「ほんとにこの工場、どうなっちまったんだ？」

その言葉は、この場にいる全員の思いだった。

21

「これ、光度不足が指摘されたランプに取り付けていたリフレクタです」

中本が金属を掲げながら、言った。「そしてこちらが問題なしのリフレクタ。回しますから見てください。違い、わかりますか」

ふたつをテーブルに置き、右にずらした。隣に座っていた資材課の竹田が見比べ、

「わかんないですねえ」

あっさりと言った。他の会議参加者たちもふたつのリフレクタを前に首を捻る。

「そう、簡単にはわかりません。つまり現場でこれが交ざっていても判別できないんです」

説明しながら中本は左肩を揉んで顔を顰める。かなり疲れているみたいだな、と塚田は思った。

「……だから、今回の問題は量産に入ったら必ず頻発します。今のうちに潰しておかなきゃならない。そのための改善案として品質管理課はリフレクタをアルミ蒸着仕様に変更するべきだと考えます」

「その件は設計段階から話してますけどね、無理です」

設計の大屋《おおや》係長が困り顔で応じる。「アスカのほうから設計変更には応じられないと言われてますから」

「その話も前から嫌というほど聞いてますよ」

中本は渋面で、「でもそれ、そもそも設計がこの仕様で光度を出せると断言しちゃったからでしょ？　紙の上の計算だけで安易に判断して。それで今更アスカに『間違ってました。これでは無理です』とは言えない。そういうことでしょ？」

「そんなんじゃない。何言ってるんだ」

大屋が色をなす。

「リフレクタの品質さえ保てれば、何の問題もなく光度をクリアできるんだよ。そっちこそ品質管理の仕事ができてないからって、こっちに尻を持ち込んでほしくないね」

がた、と音がした。中本が立ち上がりかけたのだ。が、結局座ったままだった。無言で険しい表情をしている。

「まあまあ」

会議の司会進行を受け持つ営業の田崎《たざき》副係長が間に割って入った。「たしかに現時点ではもう設計変更は難しい。二ヶ月後にはラインが立ち上がりますから。だから現状でどうやったら改善できるのか、それを検討しましょうよ。塚っちゃん、なんとかならない?」

「え……」

いきなり話を振られ、塚田はまごつく。が、会議参加者みんなの眼が自分に集中していることに気付き、大きく息を吸って呼吸を整えた。

「現在、リフレクタに塗布する塗料は藤山《ふじやま》塗料のシルバースーパーです。これも結構反射率がいいんですが、先月に奈々川《ななかわ》ペイントからハイパーシルバーという新しい塗料が発売されまして、こちらのカタログを検査課で検討してもらっています」

「それ、見込みはあるの?」

「まだわかりません。ただスペック的にはシルバースーパーより期待が持てます。サンプルを取り寄せて試験をする手筈を整えたいと思います」

「その塗料、コストは?」

「シルバースーパーより二割ほど高くなります。でもアルミ蒸着にするよりはずっとコストも低く抑えられますし、大幅な設計変更もしなくて済みます」

「いいねえ。すぐに調べてよ。いやあ、すぐに解決できてよかったねえ」

にこやかに田崎が言う。塚田は慌てて、

「いや、まだハイパーシルバーで問題が解決するかどうかわかりません。試してみないと」

「ああ、そうだね。でも光明は見えたじゃない」

田崎は微笑んでいる。塚田は怒鳴りそうになるのを堪えた。楽天的にも程がある。これでうまくいかなかったら、どうするつもりだ。

隣に座る中本に意見を訊こうとする。

「……中本さん? どうかしました?」

中本は黙って眼をきつく閉じている。顔は青ざめ、額から汗が流れ落ちていた。

「中本さん? 大丈夫ですか!?」

塚田の問いかけにも答えない。胸のあたりを押さえ、歯を食いしばるように固く口を結んでいた。が、いきなりテーブルに突っ伏した。

「中本さん!?」

塚田が肩を揺すっても反応はなかった。

「救急車!」

塚田は叫ぶ。

「すぐに救急車呼んで!」

しかし誰も動こうとはしない。十人近くいる会議出席者全員が茫然とふたりを見ているだけだった。塚田は怒りの言葉を呑み込んで受話器に取りすがった。

救急車を待っている間、塚田は中本を床に寝かせ、声をかけつづけた。だが中本は反応せず、顔色はどんどん悪くなっていく。塚田は途方に暮れた。

業務課の水沢《みずさわ》係長がやってきて、どうして床に寝かせているのかと怒鳴った。塚田は楽な恰好《かっこう》にさせてるんだと怒鳴り返した。そして中本にコップの水を飲ませようとする水沢に、気を失ってる人間に無理矢理水を飲ませたら気管に入って危険だとまた怒鳴った。会議室内の空気がこれ以上ないほどに険悪になったとき、やっと救急車が到着した。

塚田が状況を説明すると、やってきた救急隊員は中本の様子を確認して、

「おそらく心筋梗塞です。すぐに処置しないと」

と言い、手早く担架に乗せて連れていった。

救急車のサイレンが遠のくのを聞きながら、塚田は椅子に腰を下ろし、顔を手で覆った。

「なんで……なんでこんなことに……」

その肩を叩かれた。顔を上げると、水沢係長だった。

「さっきは、すまなかった。突然のことで取り乱してしまった」

「いえ、俺も怒鳴ったりしてすみませんでした」

「中本さん、すぐに良くなってくれるといいな」

「ええ」

「それにしても、これで何回目だ？　工場に救急車を呼んだのって」

「氏家さんと高村さんと中本さん。三回ですね」

答えたのは竹田だった。「一体どうなってるんでしょうね」

「わからない」

塚田は正直に言った。

「もう、何が何だか、訳がわからない」

「塚田さんも退院してきたばかりでしょ。大丈夫ですか。倒れない？」

「俺は……まだ大丈夫だ」

言いながら自分の胸に手を当てる。心臓は無事に動いているようだった。

そのとき、田崎が言った。「じゃ、会議を続けようか」

その場の空気が固まる。

「だって、まだ議題は残ってるだろ。これを終わらせないと帰れないんだからさ」

何事もなかったかのような彼の口調に、塚田はまた怒鳴りそうになる。だが、なんとか自分を抑えた。

「中本さんの代わり、塚っちゃんやってよ」

「……わかりました」

自制心を総動員して、塚田は頷く。

「では次の議題、次回試作の日程についてですが」

会議はその日も夜八時過ぎまで続いた。そして会議が終わりかけた頃、中本が病院で息を引き取ったという報告が届いた。

22

またひとり、死んだ。

なんということだ。まだ痛みが足りないというのか。まだ血が流れ足りないのか。酷い。あまりに酷すぎる。

彼らは自らの罪深さに気付いていない。それどころか、欲望に眼が眩《くら》み、何も見ようとしていない。

しかたない。彼らの眼を覚まさせよう。そして自身の愚かさに気付かせよう。

それが与えられた使命なのだから。

23

目覚ましが鳴っている。だが塚田はベッドから離れたくなかった。

やるべきことはわかっている。トーストをインスタントコーヒーで流し込み、歯を磨き、車に乗り込んで工場へ向かう。そこから先も毎日変わらない。積み上がった仕事を処理することで神経と体力を磨《す》り減らし、叫び声をあげたくなるのを堪えて残業する。夜遅く帰ってきてぎりぎり気力を奮い立たせて風呂に入り、目覚ましをセットして布団に潜り込む。それを反復するだけ。毎日違ったことが起きるのに、毎日同じ。今日も明日も、ずっと先も続く。

ただ、今日はひとつだけ、いつもと違うことがある。仕事を定時で終わらせ、中本の通夜に出席するのだ。

中本係長がもういない。そのことを実感できないでいた。会議中に倒れるまで、まさかこんなことになるとは思ってもいなかった。まさか……いや。

中本の顔色がよくないことには気付いていた。しきりに左肩を押さえていたことも。心臓が悪くなると左肩に痛みが出ると聞いたことがある。あれは前兆だったのかもしれない。自分はそれに気付くことができなかった。気付かず見過ごし、彼を死なせてしまった。

もう少し気を付けていたら俺は、係長を死なせずに済ませることができたのかもしれない。どんな顔をして通夜の席に臨めばいい？　彼の奥さんと娘さんにどんな顔をすればいい？　何もわからない。わかっているのは、こうして布団の中でうじうじと悩んでいたところで何も始まらないということだ。塚田は布団を撥《は》ね上げた。

昨日、会議後に高村課長の通夜に参列したときは、遺族と顔を合わせてもこれほどまで苦しい思いはしなかった。高村に対してはそれほど悼む気持ちも湧いてこなかった。自分は冷たい人間なのだろうか。いつもどおり朝食をとりながら思った。そうかもしれない。高村の場合は、どこか他人事のように思えるのだ。どうして違うのか、彼にはわからなかった。

いつもより一分遅くアパートを出た。それだけで少し焦る。気にするなと自分に言い聞かせた。焦って事故るのは一番愚かなことだ。

一分のロスはいつもよりスピードを上げて走ったことで帳消しになった。途中で取り締まりに引っかからなかったのは幸いだった。タイムレコーダーにカードを突っ込み、事務所に飛び込むと自分の席に座る。今日は何をするのだっけ？　スケジュール手帳を捲《めく》って確認する。午前中に下請けの西原《さいばら》精機へ行って組立ラインを検査する。午後はこの前の不良問題の対策書を書き上げ、係長と課長の印をもらう……ああ、ふたりとも、中本さんも高村さんも、もういないんだった。課長の代わりは前野さんでいいとして、中本さんの代わりは誰だ？　この係のナンバー2は……。

「塚田さん、これ、見てもらっていいですか」

同じ係の杉山《すぎやま》が下請けへの指示書を持ってきた。

「中本さんの代わり、塚田さんですよね？」

ああ、そうか。塚田は理解した。キャリアから見れば、ナンバー2は俺になるのか。

「わかった。見ておく。期限はいつ？」

「本当は昨日。会議が終わったら中本さんに見てもらうはずでした」

そう言ってから杉山は泣きそうな顔になる。

「俺、まだ気持ちの整理がつかないです。今日のお通夜でどんな顔をすればいいのか」

「俺だって同じだよ。奥さんや千春《ちはる》ちゃんに何を言ったらいいのかわからない」

「それもあるけど……」

杉山は少し言葉を切って、「……正直に言うと、中本さんずるいって」

「ずるい？」

「なんか『いち抜けた』って感じ。自分だけ楽になって」

すぐには返答できなかった。

「俺も『二抜けた』って言っちゃおうかな」

その言葉を残して去っていく杉山の背中を、塚田は見ていることしかできなかった。


西原精機は喜里工業団地より更に山奥にある小さな町工場だった。ここには主にコードにソケットや金属端子を圧着する半製品製造を任せていたが、最近になって玉田《たまだ》自動車の軽トラックに取り付けられるターンシグナルランプという、構造が簡単で組み立てやすい製品の製造も委託するようになった。今まで作っていたソケット付きコードにいくつかの部品を組み付けるだけの単純な製品なのだが、製造を任せてから半年で三回も不良問題を起こしていた。その都度全品選別と交換と再発防止策の報告をしなければならず、品質管理課の負担は以前より増した。なので定期的に工場に行き、製造工程をチェックすることになったのだった。

塚田が運転する飯野電気の車が舗装もしていない駐車場に停止すると、平屋のプレハブ工場から初老の男性が出てきた。

「どうも、お世話になります」

西原社長が短く刈った白髪頭を掻きながら頭を下げる。

「具合はどうですか」

塚田が尋ねたのは先週端子のかしめ具合を調整したプレス機のことだったが、

「はあ、腰のほうはだいぶ良くなったけど、今度は肩がねえ」

と、社長は肩を回して顔を顰めてみせる。

塚田は内心溜息をついた。一事が万事、これだ。このひととのコミュニケーションはいつもどこか、ずれている。

工場に入るとプレス機のリズミカルな駆動音が耳を聾《ろう》した。機械を扱っている社長の息子が塚田に眼で挨拶する。体つきのがっちりとした若者だった。その横で組立仕事をしているのは中年から老年の女性たち三人。見知った顔はそこになかった。

「この前来たときの作業員さんは？」

塚田が尋ねると、

「辞めましたわ」

社長があっさりと答えた。

「仕事がめんどくさいって言っとってねえ。細かいことは、よおわからんと」

「細かいことって、そんなに難しい作業じゃないでしょうに」

「あのひとたちは内職で封筒の糊付けくらいしかしとらんで。この前みたいな不良を出して怒られると怖いでってねえ」

「そんな……じゃあ、このひとたちは？　この前決めたマニュアルどおりにやってくれてます？」

「はいはい。やっとりますよ」

社長は頷く。

「ちゃんと教育してくれました？」

「はいはい」

「製品の納入前検査はしてます？」

「はいはい」

「じゃあ、チェック表を見せてください」

社長が持ってきたノートにはボールペンで枠が書かれ、日付と製品名と製造数、そして全品検査を行ったかどうかの確認チェック欄が作られている。チェック欄にはすべて「レ」印が書き込まれていた。が、その印が整列したように並んでいることが気にかかった。毎日ひとつずつ印を書き込んでいるのなら、ここまできれいに並ぶことはない。一気に続けて書き込まないかぎり。

プレス機の音が止まった。

「ちょっと、いいですか」

社長の息子が目の前に立っていた。その威圧感に少したじろぐ。

息子に誘われ、塚田は工場の外に出た。

「意味ないです」

駐車場で立ち止まると、息子は言った。

「親父には品質管理って概念がわかってない。だから全品検査をする意味もわからないし、わからないものは、しないです」

「しないって、じゃあ、検査はしてないのか」

「してません」

息子は断言する。「俺にもう少し余裕があったら検査したいけど、プレス機に張り付いてるから無理です。ろくすっぽ教育もしてない婆さんたちに組み立てさせて、全体をぱっと見て欠品なさそうだなって思ったら、そのまま御社に出荷です。そして品質管理のチェックが来る直前にチェック表に書き込む。今日みたいにね」

「それは問題じゃないか。もしまた、この前みたいな不良品が出たらどうするんだ？」

「そのときは謝ればいい。すみませんでした。もう不良は出しません。ちゃんと仕事しますって。そしてまた同じことの繰り返しです」

その言葉に塚田は啞然とした。

「でも……そんなんじゃ信用なんて失くすよ。仕事だって取り上げられてしまう」

「取り上げられますか」

息子は口の端を歪めて笑う。「今、うちの工場が仕事をしなくなったら、困るのは飯野電気さんだ。他に引き受け手がいないんだから。そもそもうちみたいなところに製品製造までやらせたのは、おたくの資材さんですよ。俺はその話が来たとき、受けるなって言ったんだ。うちはそういうの無理だって。でも親父は何でも安請け合いする性格なんで、簡単に受けちまった。こうなることは眼に見えてたんですよ」

眩暈がした。塚田は自分たちが今までやってきたことがまるで無意味だったことを思い知らされた。

「そんな……じゃあ、どうすれば……」

「どうするかは、そっちで決めてください。うちを切るのもいい。そうなったらうちは倒産だが、別に痛くも痒《かゆ》くもない。俺だってこんなちっぽけな工場を受け継ぐ気はないしね。勘違いしないでほしいけど、俺は親切心で言ってるんだからね。この前みたいな大騒ぎが、また起きるかもしれない。いや、きっと起きますよ。そうなる前に対策を考えてください。なんたって親父がやってる工場だからね。正直、今までどうしてあんなちゃらんぽらんな人間に品質管理だの在庫管理だのが任せられたんだか。笑っちまう」

「そんな、そんな言いかた、ないだろ。自分の親なのに」

「自分の親だから、わかるんです。昔みたいに畑で野菜を作ってればよかったんだ。儲からないけど、部品の欠品だの組み付けミスだのって責められることはなかった。そもそもが」

息子の声に、怒りの色が混じった。

「あんたらがあそこに工場を建てたから、こんなことになったんだ。儲かるとか何とか言って俺たちを掻き集めて、やれ品質第一だの整理整頓清潔清掃だの納期厳守だの言いだしたから、このあたりの人間はおかしくなったんだ。光川、まだ見つかってないんでしょ？」

「え……」

「光川平次。俺の同級生。あんたのところの課長をぶん殴って逃げ出したって?」

「どうして、それを?」

「こんな小さな集落じゃ噂なんてあっと言う間に広がるよ。光川んところ末っ子が会社で気に入らない奴をぶっ飛ばして逃げてるって。上等だよ。俺だってやれるなら金属バット持って工場に殴り込みたいよ。でも大丈夫。やらないからね」

口許は笑っていたが、彼の眼は鋭かった。「光川の気持ち、誰か察してやる奴はいないんですか、あんたの会社には」


中本の通夜は喜里町で一番大きな寺で執り行われた。喪服を持っていない塚田は結局、会社の制服で寺に駆けつけた。彼の他にも飯野の制服姿の男たちが何人かいた。

焼香の列に並びながら、塚田は昼前のことを思い返していた。

――あんたらがあそこに工場を建てたから、こんなことになったんだ。

それは違う、と思った。問題は工場ができたことではない。その工場で何をしているかだ。働いている者たちのことを考え、健康に配慮した働きかたをさせてくれていたら、中本係長も死なずに済んだ。だから……。

思考はそこで止まる。だから、どうすればよかったのか。どうしたら不良品はなくせるのか。どうしたら残業時間は減らせるのか。どうしたら社員は死なないのか。

それは上の者たちが考えることだ、と逃げることもできる。自分は駒に過ぎない。駒は自分の動きかたを決められない。だから責任はない。

——そのときは謝ればいい。すみませんでした。もう不良は出しません。ちゃんと仕事しますって。そしてまた同じことの繰り返しです。

好むと好まざるとにかかわらず、今の自分がやっている仕事は、この言葉どおりだ。謝って対策を取って二度と不良は出さない体制づくりをして、そして再発する。

たとえばランプを車体に組み付けるボルトが一本足りなかったとする。製造した製品すべてをチェックし直し、それから対策を取る。

完成後ボルトがすべて取り付けられていることを目視で確認して、ボルトにダーマトグラフでチェックを付けるように指導する。これで欠品は防げます再発はありません、と対策書に書く。しかしやっぱり欠品は起きる。同じ作業をしていると人間の注意力は散漫になる、それにボルトを確認したという印として付けるはずのチェックが、次第にチェックを付けることそのものが目的であるかのように受け取られてしまう。以前ある作業員から職場の改善案として「チェックを機械的に付けられる仕組みを作ったらどうか」と提案されたことがある。そうすればいちいち手でやらなくてもいいから効率的だと。

人間は当てにならない。ならばと治具にセンサーを付けてボルトが取り付けられていなかったら機械が作動しないようにする。いわゆる馬鹿よけ《フールプルーフ》と呼ばれるものだ。今度こそ欠品は防げます再発はありませんと対策書には書くだろう。しかしやっぱり同じ不良が発生する。馬鹿よけ自体が壊れたり、ひどい場合には作業員が勝手にセンサーを使えないようにしてしまう。なぜそんなことをしたのかと問い詰めると「あのセンサー、ときどきボルトがあっても欠品してるって機械を止めるんだよ。面倒だから切っちまった」とあっさり言われたりするのだ。

西原精機の社長や息子の言い分は、間違っている。だがそれを糾弾したところで彼らは変わらないだろう。では、どうしたらいいのか。

焼香台の前に立つ。その向こうに白い布に覆われた棺が置かれ、祭壇に中本の写真が飾られていた。スーツ姿の遺影は少し前に撮ったものだろうか。最近の彼より頰のあたりがふっくらとしていた。不調を訴えることはなかったが、前々から体に変化が起きていたのかもしれない。塚田はしかし、その変化に気付けなかった。

祭壇の左側に遺族が座っている。中本の妻と娘もいた。娘は中学の制服を着ていた。塚田が一礼すると、ふたりとも静かに頭を下げた。予想していたほど悲嘆している様子はない。落ち着いて焼香の客に対しているように見えた。

中本の奥さんには一度だけ会ったことがある。飲み会で珍しく中本が酔いつぶれ、塚田がタクシーで家まで送ったことがあったのだ。中本の家は建売住宅が何十軒と並んだ中にある、こぢんまりとした一軒だった。玄関から出てきた彼女は何度も塚田に礼を言い、足許の覚束ない夫を一緒に運び込んだ。「こんなに酔った中本さん、見たことないです」と塚田が言うと、彼女は玄関の上がり框《がまち》に横たわる中本を見ながら「弱いとこを見せたくなくて無理するひとだから」と言った。

思い出した。あれは中本が係長に昇進した祝いの飲み会だった。みんなでおめでとうを言いながら中本に飲ませた。それを全部受けてしまったから飲みすぎたのか。いや、あのときは中本自身、積極的に飲んでいたと思う。昇進が嬉しかったからなのか。いや。

酒の席で隣に座っていた中本が洩らした言葉を、不意に思い出した。

「サラリーマンって、どうして昇進するのかな」

何言ってんですかと笑ったら彼も笑い返し、そのまま真意を訊くこともなかった。だが本当は、中本は昇進を望んではいなかったのではないか。いや。

いや。いや。いや。俺には何もわからない。わかるのは、中本がもうこの世にいないこと。そして自分はまだ生きているということだ。

香を香炉の中に落とし、手を合わせる。あらためて中本の遺影に対面した。落ち着いた表情でこちらを見つめ返してくる。不意に胸の奥から迫《せ》り上がってきたものが、喉元で小さな嗚咽となった。泣きだしてしまう前に列から離れる。

そのまま寺から出ようとしたところで呼びとめられた。

「すみません、塚田さんですね？」

「ええ」

遺族の席に座っていたひとりだった。

「私、喪主の兄です」

「ああ、奥さんの。この度はどうも」

塚田が一礼すると、彼も挨拶を返した後、

「今、お時間いただけますか」

「何でしょうか」

「塚田さんは中本が倒れたとき、その場にいらっしゃったのですよね？」

「ええ」

「そのときのことをお聞かせいただきたいんです。今後の労災申請にも関係してきますので」

なるほど、そういうことか。「わかりました。私でよければ」

「ありがとうございます。立ち話も何ですから、こちらへ」

案内されたのは寺の隣にある喫茶店だった。向かい合わせの席に座り、コーヒーを注文してから、あらためて彼は名刺を差し出した。

「喜里町役場に勤めてます渋谷《しぶや》と申します」

「この町の方なんですか」

「ええ。何代も前からここに住み着いている古い家です。妹は東京の大学を出て一時期飯野電気さんに勤めていたんです。そのときに中本と知り合って結婚して、専業主婦になりました。喜里に飯野電気の工場ができて、こっちに戻ってくることになったのは偶然です。本人たちもびっくりしていましたが」

渋谷は少し笑った。が、すぐに表情を戻して、「それで塚田さん、中本が倒れる前後のことについて教えていただけませんか」

「わかりました」

塚田は昨日のことを話した。中本が左肩をしきりに気にしていたことを話すと、やっぱりといった様子で頷く。

「前兆はあったんですね」

「多分。でも本人もまさか心臓とは思っていなかったかもしれません」

「でしょうね。これまで心臓疾患を疑ったことはなかったと妹も言ってましたし、健康診断で心臓に問題があると指摘されたこともないようです。仕事のほうはいかがでしたか。忙しかったですか」

「それは、まあ。係長としてやらなきゃならないことがいっぱいありましたし、私が倒れたときには肩代わりもしてもらっていました。それで負担が大きくなったのではないかと思うと、申しわけない気持ちです」

「倒れたというのは、ご病気で？」

「いえ。まあ、仕事疲れのようなものです」

少し曖昧に答えると、

「そうですか。塚田さんも激務なんですね」

「うちの工場では、ほとんどの人間がそういう状態です。今日のお通夜にはなんとか伺えましたが、明日の葬儀には申しわけありませんけど出席できません。代わりに工場長が参列するそうですが」

「その工場長は今日、他の方の葬儀に出ているんですよね？　その方以外にも自殺された方がいると聞きましたが」

「ええ、詳しいことはわかりませんが」

これも曖昧に答える。渋谷はコーヒーを啜りながら考えている様子だったが、思いきったように尋ねてきた。

「そちらの工場では今、何が起きているんですか」

「何がって……」

「亡くなられた方は何者かに暴行されたそうですね。自殺された方も暴行事件の被害者だとか。容疑者はまだ見つかっていない。そうですよね？」

「ええ、まあ」

「工場内が不穏な状況になっているわけですか」

「それは、ないと思います。先程も言いましたがみんな忙しくて、多少は殺気だっている感じもありますけど、不穏というほどでは——」

「本当に、そうですか」

塚田の言葉を遮るように、渋谷が言った。

「他の社員さんの話も伺ったんですが、工場内の雰囲気はすこぶる悪いようですね。仕事中に喧嘩も起きたとか」

「……なぜ、そんなことまで知ってるんですか」

「事を起こした池上君は私の同僚の弟です。トラブルを起こして警察に連れていかれ、その後釈放されました。殴られた相手も訴えるつもりはないようでしたので。今は自宅にいますが、彼に話を聞いてきました」

「何か言ってましたか、彼」

「そのときのことはほとんど記憶にないそうです。彼にとっては許容量を超えた酒を飲んでいたようですね」

「もともと飲めない人間だと聞きました。でも、どうしてそんな彼が酒なんか飲んだのか」

「『そうすれば怖くなくなるかも』と言ってました」

「怖くなくなる？」

「池上君は工場に出社することを怖がっていました。ここ数日は行くのをやめるか、いっそ会社を辞めるかと迷いながら仕事をしていたそうです。何がそんなに怖いのかと尋ねると、彼は怯えた顔で言いました。『あそこは人間がいてはいけない場所だから』と」

「意味が、わかりません」

塚田は正直に言った。

「私もわかりませんでした。同僚の話によると『弟は子供の頃から感受性が強くて、幽霊を見たとか天狗《てんぐ》に攫《さら》われそうになったとか、そんなことを言っていた』のだそうです。笹っ原にも絶対に行こうとしなかったとか」

「笹っ原？」

「飯野電気の工場があるあたりのことです。昔は笹しか生えてない斜面でした」

同じようなことを刑事たちからも聞いた。

「何かあったんですか、あそこで」

「わかりません。ただ薄気味の悪いところだったというだけです。今は区画整理されて喜里町豊栄《とうえい》なんてポジティブな地名になってますが、あそこの昔の地名は猿神でした」

「猿神……それは何か、由来のある地名なんですか」

「わかりません。役所の仕事で町史の編纂《へんさん》に係わったんですが、そのときに郷土史家の先生にも地名の由来についていろいろ尋ねました。陣屋は文字どおり多田藩の陣屋があったからだし、一本松はその名のとおり松が一本だけ生えてたからだし、そういう単純明快な理由がありましたけど、猿神だけは由来がわからなかった」

「あのあたりに猿が住んでいたとか」

「喜里に猿が棲息していたという記録はありません。まったくないんです。これはある意味、興味深いことです」

渋谷は意味ありげに言う。

「ニホンザルの分布を調べると、このあたりは棲息地の真っ只中にあります。当然、猿がいてもおかしくない、いや、いなければおかしい。しかし有史以来、喜里に猿が姿を見せたことはないんです。まるでこのあたりを怖がっているみたいに」

ぞわり、と首筋の毛が逆立つような感覚に襲われた。「どういうことですか、それは?」

「わかりませんよ。でも本当に恐ろしいことはきっと、誰も口にしない。だから記録にも残らない。伝承もされてこなかった。ただ恐怖だけが伝えられてきたんです」

豊島が言っていた、笹っ原の中にあった小さな祠のことを思い出した。その中にあった「なんとも気味悪」いものが彫られた石。しかしそのことを渋谷に話す気にはなれなかった。

「池上君はずっと、仕事場である工場に足を踏み入れるたびに厭な感覚に襲われていた。最初は気のせいだと思っていたけど、だんだんそれがひどくなってきた。何かが『ここから出ていけ』と言っているような気がしてならなかったそうです。でもそんなことを話したって誰も信じてはくれないだろうとも思った。なので気を紛らすために最初は持ってきたウイスキーボンボンを仕事中に口に入れていたそうです。下戸《げこ》の彼にはこれでも結構な量だったらしくて、多少は怖さが紛れたそうです。でも次第にそれだけじゃ効かなくなってきて、ボンボンの数が増え、いざとなったら飲もうと、自分のロッカーにウイスキーのミニチュア瓶を隠しておいたそうです」

「それをあのとき、飲んでしまった」

「逆効果でしたね。抑制が利かなくなった彼は、恐怖から逃れようと捨て鉢な行動に出てしまった。今は彼、相当悔やんでいます。殴ってしまった先輩に申しわけないことをした。直接謝りたい。でも、もう二度とあの工場には入りたくない、と」

「辞めるんですか」

「退職届を郵送したそうです。会社とのやりとりは全部、私の同僚が引き受けています。彼も弟をあの工場に係わらせたくないそうです。あ、いや、社員の方に面と向かって言うべきことではありませんでした。すみません」

「いいんです。でも一体、どういうことなんですか。まさか何かの呪いとか、そういうことが実際にあると?」

「私は無神論者です。理系の大学を出て科学の最先端の仕事にも少しだけ触れました。親に呼び戻されたので、そちら関係の仕事には就けませんでしたが」

渋谷は言った。「とにかく、私は幽霊の存在なんか信じないし、呪いとか祟《たた》りとかなんて話は頭から馬鹿にしています。だから御社で今起きていることも、人間がしでかした事件でしかないと思います。ストレスに晒された人間が突発的にしてしまったことの積み重ねだと。でもそれは、私の見解でしかない。そう思わない人間もいるでしょう。彼らにとって今回のことは、何か得体のしれない存在によって起きてしまったことなのかもしれません」

「そんなことはないでしょう。科学的に説明がつくなら、それは現実の法則の中で起きたことです。超常現象なんかじゃない」

「科学的に説明できるからといって、それがその説明どおりのものだと断言はできない、ということです。他に説明のしようがあるわけですから」

「たとえば呪い、とか？」

「ここで頷くと、私も無神論者ではなくなってしまう」

渋谷は皮肉っぽく笑った。しかしすぐに表情を戻して、「でも、なぜ起きたかよりも、これからどうするべきかを先に考えなければならない。これはどちらの解釈でも同じことです」

「どうするべきかって……まだ何か起きると？」

「義弟のような犠牲者を、もう出したくないんです」

渋谷は塚田を見つめた。「誰にも死んでほしくないんですよ。もちろんあなたにもです、塚田さん」

渋谷の願いは、叶わなかった。翌朝そのことを塚田は知らされた。

24

崎村製造課長の遺体は翌朝午前六時過ぎに出社してきた社員によって発見された。更衣室隣の掃除道具を収めたロッカーを開けると、人間が転がり出てきたのだ。社員は悲鳴をあげて工場を飛び出し、何を思ったか近くにあるガソリンスタンドに飛び込んで助けを求めた。後の取り調べに彼は「あの工場にいたら自分も殺されると思った」と述べたという。

塚田が出社してきたとき、すでに警察の車両が工場に到着して警官たちが忙しく行き来していた。また光川を捜しに来たのかと思ったが、事務所に入るなり先に出社していた前野課長代行に言われた。

「今度は崎村さんがやられた」

意味はすぐに理解できた。

「襲われたんですか」

「そうみたいだ。頭を殴られてたらしいね」

「それで、怪我の具合は？」

尋ねた塚田に、前野は首を振る。「手遅れだったってさ」

まさか。塚田は椅子の背凭れに摑まって崩れそうになる自分を支えようとした。だが椅子のキャスターが動きだし、危うく倒れそうになる。

「おい、大丈夫か」

前野に支えられ、やっとのことで立ち上がる。

「すみません……でも、どうして崎村さんが……？」

「わからん。でも彼も、光川に恨まれてたんだろ？」

「光川……じゃあ、今度も彼の？」

「みんなそう思うわなあ。いまだに行方がわからないし。この前警察が工場の中を捜索して、あいつが隠れてないことはわかったはずなんだが。どこかから出勤してるのかな」

「出勤？」

「まだ懲戒解雇処分は受けてないようだから、あいつは今でもうちの社員だ。ここに来れば出勤になる」

冗談とも本気とも取れない言葉だった。が、塚田は事務所から飛び出した。突拍子もない考えが浮かんだのだ。

工場棟入り口、そこには社員全員のタイムカードが並んでいる。塚田自身つい先程自分のカードをタイムレコーダーに差し入れて出社時刻を刻印させた。

彼の視線は製造課のゾーンを捜索する。タイムカードは課ごとに色分けされ、係ごとに五十音順に並べられているので、見つけるのは容易だった。

光川平次。その名前が記されたカードを引き抜く。自分自身まさかと思ったことが、現実にあった。

光川のタイムカードには、毎日出社時刻と退社時刻が刻印されていたのだ。

「どうしました？」

いきなり声をかけられ、危うく悲鳴をあげかけた。

「篠島さん……」

「それ、塚田さんのカードじゃないですね。その色は製造課ですか」

動けないでいる塚田の手から、篠島はカードを抜き取った。

「へえ、光川さん、律儀にタイムカード押してるんですか」

「あいつ、この工場にいるってことですか」

「そういうことでしょうね。でも、どこにいるんだろう？」

塚田は篠島の手からカードをひったくると、工場を出ようとした。

「どこに行くんです？」

「警察にこのことを伝えないと」

塚田が言うと、篠島は頷いて、

「でも、気を付けてください。塚田さんも狙われているかもしれない」

【氏家崎村高村塚田ぶっ殺す】

光川のノートに書かれていた文字を思い出す。

「……わかってます」

警官たちが集まっているところへ向かうと、その中に豊島がいた。

「ああ塚田さん、何か？」

問いかけてくる彼にタイムカードを差し出す。刻印されている数字を見て、豊島の表情も変わった。

「いつ、気付いたんです？」

「たった今。あり得ないと思ったんですが、確かめてみたらこのとおりでした。一体どういうことなんでしょうか」

「わからない。馬鹿にしてるのか、捜査の混乱を狙っているのか……とにかく、このことは誰にも話さないでください。こちらで調べますので」

そう念を押してから、

「でも、ちょうどよかった。これから塚田さんに会いに行くつもりでいたんです。しばらく会社から離れることはできませんか」

「会社から？　どうして——」

訊きかけて、豊島が何を言いたいのか気付いた。「身を隠せと？」

「光川が『殺す』と書き込んでいた四人のうち三人が襲われた。残るのは塚田さんだけです。我々も全力で彼を捜し出しますから、それまで出社することを取りやめることはできませんか」

即答できなかった。恐怖はある。できればすぐにでも逃げ出したい。しばらく考え、答えた。

「それはやっぱり、できません。うちも上司が亡くなって人員が足りないんです。それでなくても忙しくて休めない状態ですから。今ここで俺が会社を休むわけにはいきません」

「身が危険に晒されるかもしれないのに、ですか」

豊島は呆れたように言う。

「豊島さんだって、危険かもしれないからって捜査をやめることなんてあり得ないでしょ？」

「刑事と一般人では立場が違いますよ。それにしても、たいしたもんだ。まさにジャパニーズ・ビジネスマンですね」

「ええ、二十四時間戦いますよ」

我ながら、つまらない冗談だと思った。

事務所に戻り、自分の席に着く。

「さっきは血相変えてどこに行ったんだ?」

前野が尋ねてきた。答えようとして躊躇する。

「えっと、その、光川が出勤してくるのを見かけた者がいないかどうか尋ねてきたんです」

「そんな奴、いたの?」

「いいえ、いませんでした」

そう言って視線を恵里に向ける。俯いて書類に何かを書いていたようだが、手は止まっている。こちらの話が気になるのだろう。

「君もおかしなことを考えるねえ」

前野は笑っている。こんな状況でも笑えるのかと塚田は訝しむ。だが、そういう自分だってこんな状況で平気で仕事をしているじゃないか。

みんな、おかしい。何かが狂っている。

「前野さん、西原精機のことで報告があります」

塚田は強引に仕事の話に切り換えた。そうだ、俺もおかしい。狂っている。この工場では何よりも仕事が優先だ。誰かが失踪しようと、死のうと、関係ない。

「ほんとか、それ?」

西原精機の実態について報告すると、のんびり屋の前野もさすがに顔色を変えた。

「本当です。現時点において、あそこで生産されている製品はすべて品質管理的に問題があります。これまで続けてきた指導や教育はほとんど無意味です。うちから出荷する前に全品検査をする必要があると思います。それと倉庫内の在庫もあらためて調べるべきです」

「わかった。すぐに手配する。しかしなあ、まさかそんな状態になってるとは思わなかった。西原精機の品質指導って誰が主導してたっけ?」

「中本係長です。俺も手伝いましたが」

「中本君かあ。死人に口なしだなあ」

その言いかたは不謹慎だと思ったが、あえて指摘はしなかった。

「工場内と倉庫の在庫を洗い出してもらいます。幸いそれほど多くはないはずですが、それでも二千セットくらいはあるかもしれません」

「玉田自動車に納めちゃった分はどうする？」

「それについては前野さんに判断してもらわなければならないのですが」

　塚田は上司を見つめて、

「当然、玉田に連絡して、納入してしまったものも選別するのがスジでしょう。だがそうすると、西原の品質管理体制が不備だらけだったことを玉田に報告しなければならない。これまでやってきた対策には何の意味もなかったと暴露することになります。飯野が受けるダメージは大きい」

「じゃあどうしろと……黙っておくってことか」

「そういう判断もありだと思います」

「だが、もし納入してしまった中に不良品が交じっていたら？」

「そのときはチェックミスで前回不良品として選別したものが間違って混入したとか、何か理由を付けて謝るしかないでしょう」

「うーん……」

　前野は腕組みをしたまま動かなくなる。

「これ、俺の判断じゃ決められないなあ」

「では、誰の判断が必要ですか。こうしているうちにも西原で作った製品がうちから出荷されるかもしれない」

「脅迫するなって。こういうのは工場を統括している人間が判断しないと……」

「工場長ですか。だったらすぐに報告して承諾を得てください」

「俺がやるの？　うーん……」

急に優柔不断になった前野が渋る。塚田は苛立ったが、懸命に自分を抑えた。

「じゃあ、俺が工場長とかけあいます。前野さんは工場長とのアポイントだけ取ってください。それと資材と配送に連絡して西原の製品を工場から出さないように指示した上で全品選別の手配をお願いします。それから――」

「塚田さん」

背後から声がかかる。振り返ると受話器を手で押さえた恵里がこちらを見ていた。

「工場長からお電話です。すぐに工場長室に来てほしいって」

「アポイントはしなくてもいいみたいだな」

前野が楽しそうに言った。塚田は内心で溜息をついてから、恵里に言った。

「すぐに伺いますと伝えて」

橘工場長の席には湯気の立つ湯飲みが置かれていた。萩焼らしい大振りのものだ。工場長はその茶を一口啜ると、大きく息を吐いた。

「明日、記者会見をする」

いつものように深みのある声だった。

「マスコミの前で今回の出来事の経緯について説明しなければならない。教えてくれ。一体何がどうなっている？」

「すべて工場長には報告がされていると思いますが」

「ああ、だがこうも立て続けにいろいろと起きると何が何やらわからなくなる。私が記憶しているとおりなのか確認させてくれ。まず光川が氏家君に怪我を負わせて失踪した」

「はい」

「その後、高村君が襲われた。高村君は病院で亡くなった」

「はい」

「その後、病院で意識を取り戻した氏家君が病院の屋上から転落して亡くなった。飛び降り自殺と考えられているが、動機は不明だ」

「はい」

「それから会議中に中本君が倒れ、病院で亡くなった」

「はい」

「そして今日、工場内で崎村君の遺体が発見された。これが今のところ最後だな？」

「はい」

「よろしい。さて、君が新聞記者だとして、会見に現れた私に何を尋ねたい？」

塚田は少し考えて、言った。

「飯野電気では今、何が起きているのですか」

「茶番だ」

工場長は即答した。

「見え透いた馬鹿馬鹿しい出来事の連続だ。ついこの前まで至って正常に運営されていたはずの工場が、あっと言う間に修羅場と化している。社員たちが殴り合い殺し合い自殺する。それまで事故ゼロ日を千四百九十七日連続で達成していた優良工場がだ。今度は人死にゼロ日を目指すか。また数日で達成できなくなるかもしれんがな」

落ち着いたように見せかけているが、どこか不安定さも感じる。かなりナーバスになっているようだ、と塚田は思った。

「マスコミに向けて、そんなことを本当に仰るつもりですか」

「言いたいが、言うわけにはいかんな。君ならどう答える？」

「まずわかっている事実だけを述べます。氏家さんが自殺かどうかと、高村さんと崎村さんを襲った犯人は誰かという点については、工場長から話すべきではないでしょう。訊かれたら『警察の捜査結果を待つ』とか言っておけばいい。それと中本さんの死は今回の出来事と無関係であることも明言しておくべきです」

無関係？　本当にそう思うのか、と塚田の内心が反論する。彼が倒れるまで働きつづけたのも、この工場に問題があったからではないのか。本当ならその点について問い質したかった。だが今は工場長の立場になってマスコミ対応を考えるという仕事を与えられてしまったので、そのことについて話せなくなった。なんだか、うまく取り込まれたような気がする。塚田は続けた。

「その上で、地元警察の捜査に全面協力していることを強調しましょう。そして工場内の安全を第一にこれからも取り組んでいくと説明するのが良いかと」

「工場内に不安が生じていないかと訊かれるかもしれんな」

「どう答えるかは工場長の判断次第です。不安は生じていないと言うか、それとも本当のことを言うか」

「本当は違うと？」

「違います。今の工場内は不安の塊です。みんな仕事をしながらも気が気じゃないというのが本音でしょう」

「この一週間で、製造課の人間が三名、辞職願を出した」

工場長は言った。「まだ辞める者が出てくるかもしれん。どうしたらいい？」

「それは……」

と言いかけて、

「そういうことは俺みたいな無役の人間ではなく管理職の皆さんが考えることではないですか」

「もちろん考えておるさ。昨日も夜遅くまで会議をしていた。しばらく工場を閉鎖したらどうかという案も出たくらいだ」

「するんですか」

「するわけがないだろう。うちが止まれば得意先の生産ラインも止まる。そんなことになったら私の首が飛ぶくらいじゃ収まらない。飯野電気の息の根が止まりかねない」

「では、どうします？」

「何よりも重要なのは社員の動揺を静めることだ。産業カウンセラーに来てもらって社員の精神的なケアをしてもらおうということになった。それと管理職の人間が定期的に現場を見回りする。これは記者会見でも報告するつもりだ」

「悪くはないと思います」

管理職の見回りにどれだけの効果があるかはわからないが、と心の中で付け加えた。

「それともうひとつ」

工場長が言った。「起こり得るトラブルを未然に防ぐべきだとの意見もあった。だから君を呼んだ」

「俺、ですか」

「光川のノートに書かれていた襲撃相手のリストに残っている最後のひとりだ」

「俺は光川に恨まれてなんか――」

「リストアップされているのは事実だ。他の三人は襲われた」

工場長は塚田の反論を遮る。

「年休を取りたまえ。全然使ってないだろ」

「年休なんて、この工場じゃ使ってる人間のほうが少ないですよ。俺を工場から追い出すんですか」

「自分の身を守るためだ。むしろ喜んでもらいたいくらいだよ」

お為ごかし、というのはこういうことを言うのか。

「……工場長の前でこんなことを言うのは失礼かもしれませんが」

塚田はふつふつと沸き立ってくる怒りを堪えながら、「無理言わないでください。俺がいなくなったら品質管理課はどうなります？　それでなくても中本さんが亡くなって人員が足りなくなっているというのに。俺までいなくなったら――」

「君がいなくても他の係から人を回せば問題ないと、前野君が断言していたよ」

「前野さんが……」

ここに来る前に話していたとき、前野が意味ありげな表情をしていたのを思い出す。そういうことか。何もかも、前もってお膳立てされていたのだ。

「この前ここに来たとき、工場長からは『休んでいる暇はない。ばりばり働いてくれ』と言われました。方針転換ですか」

「事情が変わったのでな。しかし君をクビにするわけではない。ある期間、工場から離れてほしいだけだ」

「ある期間と言いますと？」

「もちろん、光川が発見されて事件が無事に解決するまでだよ。それまでは自宅で悠々自適に暮らすといい。君、彼女はいるのか」

「いません」

「いるならデートでもしてろと言いたかったが。まあ、あまり目立つことさえしなければ、何をやっていてもかまわん」

工場長は湯飲みの茶を飲み干し、たん、と音を立てて机に置いた。裁判官が打ちつける木槌の音のようだった。「今日はもう家に帰りたまえ。復帰の時期についてはこちらから連絡をする」

「まるで謹慎みたいですね」

塚田は内心の怒りを扱いかねていた。言葉遣いはかろうじて保っているが、声音がおかしくなっているのは自覚する。

「君に落ち度があるとは言っていない。勘違いするな。これが最善の策なんだ」

「……わかりました」

そう答えてから、

「でも、すぐに退社はできません。トラブルが発生していますから」

と、西原精機の問題について報告する。

「なんだそりゃ。ひどすぎるな」

工場長が顔を顰めた。

「ええ、ひどすぎます。でもこれが現実です」

塚田は前野に話した〝対策〟について説明した。

「玉田には黙っておくということか。そんなことをしてバレたらどうなる？」

「問題になるでしょう。しかしこちらが黙っているかぎり、先方に知られるようなことではありません。もしも納入してしまった分から不良が出たら、そのときはそのときです」

「随分と大胆なことを言う。責任を問われるぞ」

「中本さんがいない今、西原の担当は私です。いざとなったら覚悟はしてます。それより問題は、西原が作る製品は完成品であれ部品であれ、品質の信用度はゼロであることです。全品うちでチェックする必要があります」

「なんてことだ。どうしてそんな奴らに仕事なんか任せてきたんだ。資材と品質管理は何をしてた」

「できるかぎりのことは、していたと思います。でも、所詮ものづくりは人です。人がこちらの求めることに応えてくれない以上、どうしようもない」

「西原とは手を切るべきだな」

「もちろんです。でも今は西原がやっている仕事を代わりにできるところがない。これから新しい取引先を見つけ出すにしても、時間がかかります。それまでは西原を使いながら対応していくしかないでしょう」

「……わかった。君の言うとおりにしよう。今すぐ西原の製品の全品チェックに取りかかってくれ。それが終わったら、君は帰宅だ」

「わかりました」

塚田は一礼して工場長室を出ようとした。その背中に声がかかる。

「西原の問題を君が認識したのは、昨日か」

「はい」

「そして報告したのは今日。なぜすぐに報告しなかった？」

塚田は振り向き、言った。

「疲れてたんです。もう、何もしたくなかった。だから帰って寝ました」

工場長は怒らなかった。むしろ微笑んでいた。

「この仕事を終えたら、寝る時間は充分に取れる。もうひと踏ん張り、頼む」

塚田は一礼して工場長室を出た。

25

対策作業は思ったより時間がかかった。工場内に西原からの製品を一時保管するスペースを作り、そこで全品の検査を行えるようにした。チェック項目と検査方法については西原のために作成したチェックポイントシートを手直しして間に合わせ、各課から集められてきた社員にやりかたを指導する。

単調な仕事だった。しかも人手が足りず、なかなか捗《はかど》らない。いつもはこういう仕事には駆り出されることのない恵里までもが残業で手伝わされた。

恵里は仕事の飲み込みが早かった。指示をすぐに理解し、わかっていない社員に教えられるほどだった。検査中にも人員配置について塚田に意見を言い、それを彼が受け入れて改善した。

「人事のミスだな。斎藤さんには事務仕事じゃなくて品質管理の仕事をさせるべきだ。俺より適格だよ」

塚田が言うと、恵里は小さく首を振って、

「わたしなんて。でも、役に立てるなら嬉しいです」

パレットに載せたチェック済み分が予定数に達するなり、出荷係がフォークリフトで運び出すという状況が続いた。

それでも夜中の十時過ぎにはなんとか工場内の在庫をすべてチェックし終えることができた。結果、二千三百の製品の中から二個の不良品が発見された。

「やっぱり不良品が交じってましたか。芳しくない結果ですね」

またもや駆り出されてきた篠島が言った。「玉田の生産ラインに不良品が投入された可能性は、否定できない」

「そのときは、そのときです」

塚田は工場長に向かって言った言葉を繰り返した。検査を手伝ってくれた社員を帰し、作業場の片付けを始める。

「そんなことまで塚田さんがやるんですか」

篠島の問いに、

「誰かがやらなきゃならない。そして、できるのは自分しかいない」

と、答える。すると篠島は肩を竦め、「しかたない。手伝います」

「いや、篠島さんは自分の仕事に戻ってください」

「戻りますよ。ここを片付けたらね」

「わたしもやります」

まだ帰っていなかった恵里が言う。

「いや、さすがにそれは。もう遅いんだし」

「自分の車で帰りますから大丈夫です。最後までやります」

結局三人で十一時過ぎまでかかった。

「塚田さんは、今日はこれで終わりですか」

「今日の検査結果をまとめて報告書を書けばね。そして、お役御免です」

「何ですか、それ？」

「明日から出勤は相成らぬ、と工場長に言われました」

「本当ですか」

恵里が驚いた顔で、

「塚田さん、明日からいないんですか」

「まあ、ね」

「もしかして、ミッちゃんのせいで？」

勘の鋭い子だな、と塚田は思う。「これ以上の不祥事が起きないようにするため、不安定要因は極力排除しておこう、という考えみたいだ」

「そんな……ごめんなさい」

「なんで君が謝るの？」

「だってミッちゃんのせいで、こんなことになったんですから」

「それはやっぱり、君が謝ることじゃないな。ねえ篠島さん？」

篠島はしかし、塚田の問いかけには答えず、恵里に尋ねた。

「斎藤さん、もしも光川さんが出てきたら、どうするつもりですか。縁を切りますか。それとも彼が罪を認めて償うまで支えますか」

「そんなことを斎藤さんに訊くのは酷ですよ」

塚田が我慢できずに間に入る。

「しかし、いずれは判断しなければならないことです」

篠島は続けた。「どうです、斎藤さん?」

恵里はしばらく黙っていた。が、不意に顔を上げて、

「そのことは、ずっと考えてました。ミッちゃんが出てきたら、ちゃんと話をしたい。本当に高村さんや崎村さんも襲ったのかどうか、教えてほしい。そしてもしも本当だったら、ちゃんと罪を償ってほしいと思います。わたしは」

一度言葉を切り、それから続ける。「わたしはミッちゃんが望むなら、一緒についていきたい。罪を償って刑務所から出てきたら、一緒に暮らしたいと思ってます」

「殊勝な心がけですね。日本女性の鑑《かがみ》のようだ」

篠島は言った。「これは皮肉でも何でもありません。心から称賛しています。光川さんも立派な女性に愛されたものだ」

「わたし、そんなんじゃありません。そんな……」

「謙遜しなくていいですよ。ねえ塚田さん」

「え、ええ」

篠島ほど素直に称賛することができなくて、塚田は言葉を濁した。

「帰ります。お疲れさまでした」

いたたまれなくなったのか、恵里は頭を下げて去っていった。

「じゃあ、僕も自分の仕事場に戻りましょうかね」

篠島もいなくなった。残った塚田は周囲を見回す。少し離れた製造ブロックは今日も徹夜で動いている。耳障りな機械の駆動音の中、夜勤の社員が忙しく動いているのが見えた。

何が起きても動きを止めない工場。その動きを妨げるものは容赦なく排除される。今日、自分はここから除《の》けられることになった。これまで必死になって働いてきたのに。この会社のために一生懸命……いや、会社のためになんて、そんなことは一度だって思ったことはなかった。ただ目の前に積まれた仕事をこなすためだけに働いていたのだと、今更ながら思う。金を稼ぐためでさえない。仕事をするために仕事をする。そんな日々だった。

――俺たちは所詮、会社の歯車みたいなもんだよな。

中本が以前、そんなことを呟いていたのを思い出す。でも中本さん、違いますよ。俺たちは歯車でさえない。だって中本さんがいなくなっても、俺がいなくなっても、会社は変わりなく動きつづけている。いれば必要とされるけど、いなくても何の問題もない。そういう存在なんです。

この一件が片付いたとしても、自分は戻ってくることができるだろうか。自分にその意欲はあるだろうか。動きつづける工場をぼんやりと眺めながら、塚田は考えていた。

26

もう、終わりにしよう。

この愚かな状況を。

27

品質管理課の事務所には二宮が残っていた。塚田が自分の席で報告書を書いていると、

「明日からお休みだって？　いい身分だねえ」

と茶化すように声をかけてきた。

「俺なんてもう何年も有休なんか取ってないよ。いいなあ、俺も休みたいなあ」

無視して仕事を終わらせることもできた。しかし塚田はボールペンを置き、二宮の前に

立った。

「だったら二宮さん、俺の代わりに会社休みます？　かまいませんよ俺は」

「熱くなるなって」

二宮はにやついた顔で、

「俺だって君のことは気の毒だと思ってるんだからさ。光川みたいな変な奴に因縁付けられて狙われるなんて、そんなの代わりになりたいとは思わないよ」

「だったら――」

言いかけたところで電話が鳴った。塚田の席の内線だった。消化不良の怒りを呑み込み、電話に出る。

――あの、斎藤です。

恵里からだった。

「え？　どうしたの？　帰ったんじゃなかったの？」

訝しむ塚田に、彼女は言った。

――二階の溶剤置き場、あそこに西原精機の製品が置いてあります。

「まさか。どうしてそんなところに？」

――わかりません。もしかしたら箱だけ西原のもので中身は別物かもしれないけど、確認してもらえませんか。

「わかった。すぐに」

電話を切り、二宮とは眼を合わせないようにして、事務所を出た。

二階へ上がり、北へ向かう。表面処理課の溶剤置き場は建屋の端にあった。ドアの前には「火気厳禁」の注意書きが掲げられている。

ドアを開けると溶剤の刺激臭が鼻を突いた。中は真っ暗だ。壁際のスイッチを押した。蛍光灯が点いて室内を照らしだす。表面処理課が使っているいくつかの溶剤の一斗缶《いっとかん》と、樹脂のペレットを入れるための大きな紙袋などが乱雑に置かれている。その真ん中に、人が立っていた。

「……斎藤さん？」

虚を衝《つ》かれた塚田が声を洩らすと、恵里はゆっくりと顔を上げた。頰を涙が濡らしている。

「どうしたの？　帰ったんじゃ……」

恵里の唇が震えるように動いた。

「……塚田さん、ごめん、なさい。わたし、こんなことしたくなかった……」

「え？　なんだって――」

訊き返そうとしたとき、後頭部に強い衝撃を受けた。塚田は前のめりに倒れ込む。

かろうじて顔を上げ、振り返った。誰かが立っていることだけはわかった。

罠にはめられたと悟った。恵里を餌にして誘《おび》き出されたのだ。ということは……。

「……光川？」

問い返す間もなく更に衝撃が来る。今度はこめかみのあたりを蹴られた。意識が白く濁り、何も見えなくなる。だが完全に失神はしなかった。歪んで形を成さなくなった視界に誰かが映り、襟首《えりくび》を引っ張り上げられた。ずるずると引きずられていく。

——起きてますか。

遠くから聞こえるような声だった。塚田は答えられない。肩を強く揺さぶられた。

——寝ちゃ駄目です。起きてください。

頬を叩かれる。

「起きろ！」

その声が鼓膜を震わせた。意識のピントが少しだけ合う。そして目の前にいる男の顔が、はっきりとわかった。

「……どうして？」

「これから仕上げにかかります。あなたにはちゃんと見ていてほしい」

そう言って、篠島は微笑んだ。

彼は鉄パイプを持っていた。あれで殴られたのか。そりゃ痛いわけだ。塚田は他人事のように思った。まだ現実を見ているような気がしない。

「ごめんなさい、塚田さん。塚田さんに電話しろって脅されて……」

誰かの声。脅された？

これは何のギャグだ？　どうして俺はこんなところにいるんだ？　帰ってもう寝たい。会社なんかどうでもいい。帰って――。

「あなたが……あなたがやったの？」

すぐ近くで声がした。やっと声の主がわかった。恵里だ。でも、あなたって？

「僕が、何をやったと？」

「あなたがみんなを襲ってたの？」

「みんなというのは誰のことでしょう？　氏家さんを殴ったのはあなたの恋人であることは、みんなが見ていたから間違いないと思いますが」

「高村さんと崎村さんのこと」

「ああ、そのふたりね。はい、僕がやりました」

あっけらかんと、彼は言った。塚田は思わず立ち上がろうとした。が、思うように体が動かない。呻くように声をあげた。

「……て？」

「は？　何ですって？」

篠島に訊き返され、塚田は頭の痛みを堪えながら繰り返した。

「……どうして？　どうして、こんなことを？」

「ああ、そのことですか。僕はただ常識的なことをしたかっただけです」

「常識的って……人を殴ることが、か」

「人を正すことです」

篠島は鉄パイプの感触を試すように、自分の掌に打ちつけた。

「あまりにも狂ってしまった人間を正すには、少しばかり手荒い手段を取らざるを得ませんでした。こうでもしないと眼が覚めないようでしたから」

「狂ってるって、どういうことだ？」

「わかりませんか。塚田さんとは何度も話をしたはずなのに。この工場の異常さですよ。とてもじゃないけど、まともではないでしょう？　なのにあなた自身が異常さの真っ只中にいて、本当の問題に気付いていなかった」

「本当の……問題？」

「ここにいる連中はみんな、狂っている。極めて危険な状態です」

「言ってることの、意味がわからない」

「わからない？　残念ですね。あなたには多少なりと見込みがあるかと思っていたんだが」

篠島は悲しむように顔を歪める。

「僕はね、この工場に知的生産をするために派遣されてきました。なのに毎日のように仕事を邪魔されては、本当にくだらない不良品選別とかをさせられる。新製品開発についても同じだ。開発なんて名ばかりで、実際はクレーム処理に終始している。何ひとつとしてクリエイティブな仕事がない。ダムの亀裂に絆創膏《ばんそうこう》を貼って対処しているような、その場しのぎばかりだ。こんなことをさせられるために、僕は派遣会社に就職したわけじゃない」

「それが不満だったのか。だったら断ればいいじゃないか」

「断れるものならね。うちの会社と飯野電気との間に取り決めがあるんです。派遣社員は派遣先の慣例に従って職務に従事すると。その一文のせいで、派遣社員は派遣先の指示を唯々諾々《いいだくだく》と受け入れなければならない。拒絶すれば仕事を失います。馬鹿らしい会社のせいで僕の技術者としてのキャリアが潰されるなんて許しがたいことですよ。そう思ってずっと我慢してきました。でもね、ここでの退屈な地獄みたいな生活を続けてきて、気付いたんです。これはやっぱり間違っている。誰かが正さなければならない。だったら僕がやってやろうと。そう考えるきっかけをくれたのは、光川さんでした」

恵里は蒼白な顔でこちらを見ていた。

「彼が氏家さんを殴ったのを知って、やはりこれなんだと確信しました。この工場の歪みを正すには、実力行使しかないと」

「それで、高村課長を襲ったのか」

「僕にとっては彼が歪みの象徴でしたからね。いつもくだらない選別仕事を押しつけてきて僕の本来の仕事を邪魔した。それでいて感謝の言葉ひとつない。派遣社員は俺たちの言うとおりに動けばいいんだと言わんばかりの態度でした。だから真っ先に叩きのめしてやりました。後に光川さんのメモの話を聞いて、彼もまた高村課長を憎んでいたと知って、我が意を得たりと思いました。まあ、あんな下賤なブルーカラーと同じことを考えてしまったかと思うと、いささか不本意でもありますがね。でも光川さんが恨みの対象として列挙していた名前が、僕に天啓を与えてくれたのはたしかです。彼は正しい。あの四人が歪みの元凶だ。彼らを潰せば、この工場もかなりまともになってくると」

「俺も、歪みの元凶だと？」

「気付いていないですか。あなたは管理職ではないが、いつも先頭に立って工場の方針を具現化してきました。実働部隊の旗頭ですよ。ここを叩かない手はない」

篠島がしゃがみ込み、顔を近付けてきた。

「僕は願っていました。こんなに多くの人間が襲われたのだから、会社もさすがに反省してくれるだろうと。今までのことを反省して、正しい道へ戻ってくれるだろうと。でも、そうならないとわかりました。誰かが襲われても、仕事の最中に倒れて死んでも、工場は止まりもしない。今までどおり稼働している。おかしいでしょ。人間の命を何だと思ってるんですか」

「あんたが、それを言うのか。高村さんや崎村さんを殺したあんたが」

「あれは当たりどころが悪かったんです。殺す気はありませんでした」

篠島は平然と言った。

「まあ、死んでもいいくらいには思ってましたけどね」

「高村さんにも崎村さんにも奥さんがいた。子供もいた。あのひとたちの未来までおまえは奪ったんだぞ」

「そうですね。僕は彼らから夫と父親を奪ったことになる。でも、本当にそうでしょうか。

崎村さん、子供と一緒に夕飯を食べたことがないって、自慢みたいに言ってましたよね。実際自慢だったんですよ。それくらい俺は一生懸命働いてるんだって自慢。醜いですよね。そんな夫がいなくなったって、父親が死んだからって、たいして変わりはしないでしょ。むしろ清々してるかもしれない」

「勝手に決めつけないで！」

叫んだのは恵里だった。震えながら、絞り出すように言った。

「どんな親だって、子供にとっては親なんだから。大事な家族なんだから」

篠島は立ち上がり、恵里の前に立った。

「斎藤さん、あなたは恵まれた環境にあるようだ。『どんな親だって子供にとっては親』なんて躊躇いもなく言えるくらいにね。僕の親は自分の息子に結構ひどいことをしました。殴ったり食事を与えなかったり夜中に外に放り出したり。テストで良い点を取れなかったからとか親に口答えをしたからとか、そんな理由でね。小さい頃は僕も親の言っていることが正しいと思ってた。自分が悪い子だからしかたない。もっと良い子にならなきゃ、ってね。でもある日気付いたんだ。彼らは僕のことなんか本当はどうでもいい。自分が溜め込んだ鬱憤を子供で晴らしているだけなんだって。案の定、いつものように殴ってきた親を殴り返してやったら、すごくびっくりした顔になりました。もっと殴ってやったら『親を殴るなんて何事だ』とか言うもんだから、もっともっと殴ってやりました。最後には何も言わなくなりましたよ。血だらけの顔でひいひい泣きながら縮こまってた。ひ弱な小動物みたいだった。これが僕を長い間支配してきた人間の正体かと思うと情けないやら悲しいやらでした。それ以来、親は僕の言いなりです。一言も文句は言わせない。ええ、それでも僕にとっては大事な親ですよ。いなくなったら、それなりに寂しいと思います」

恵里は声もなく聞いていた。篠島は彼女に顔を近付け、言った。

「斎藤さん、あなたは何があっても光川さんについていくと言ってましたよね。彼と一緒に暮らしたいと。あれ、本気で言ってたんですか」

恵里は口許を震わせながら、

「本気、です」

と答える。

「なるほど。まぐわって子供を作ってその子供がまた子供を産み子供を産み子供を産み、と延々と続く退屈で猥雑な系譜を続けていきたいわけだ。でも、そこにあなたの人生はどれだけあるのかな？　夫のため子供のためと自分を犠牲にして生きつづけ、最後にはどちらからも見捨てられて朽ち果てていく。あなたはそういうふうに生きていくことになる。それが望みだと？」

「そんな……そんなことない、です」

「そんな人生にはならないと？　どうしてそう思えるんです？　光川さんはあなたを性欲の捌《は》け口としか見ていない。結婚したところで、いずれは飽きられる。あなたには若さしかない。歳を取れば誰からも眼を留められなくなる。生まれてくる子供はあなたに反抗心しか抱かない。あなたが愚かな親だからだ。あなたは一生惨めな人間として生きていかなければならない。でも」

篠島は、軽く笑った。

「でも、安心してください。あなたは子供に見下げられることはない。光川さんから疎まれることもない。なぜなら光川さんと結婚などしないからです。なぜ断言できるのかって顔をしてますね。断言できるんですよ。だって」

篠島は言葉を切り、壁に立てかけてある大きな紙袋の端を摑んだ。プラスチック樹脂を入れてある袋だ。それを一気に引き上げる。

「……ミッちゃん！」

恵里が我を忘れて駆け寄る。が、すぐに立ち止まった。そして悲鳴をあげる。

塚田はゆっくりと立ち上がった。まだ頭が痛み、体はふらつく。それを堪えて壁に凭れかかっている光川に近付いた。白濁した眼と口を半開きにして、彼は事切れていた。腐臭が鼻を突く。

「……彼も、君が殺したのか」

「違いますよ。笹藪《ささやぶ》の中で死んでるのを見つけたんです。外傷はないようだから、病気か、それとも何かよほどのショックを受けたかで心臓が停まったんでしょうね。僕の個室に隠してました。警察は彼が事件を起こしていると思い込んでいたので、ちょうど都合がよかった。警察は個室にもやってきましたが、社外秘が収められているのでと断ったら、簡単に納得してくれました」

「ミッちゃん……」

恵里が光川に顔を近付けた。怯えているような悲しんでいるようなその横顔を塚田は見つめた。

「ミッちゃん……どうして……」

伸ばした彼女の指が遺体の頬に触れる。が、電気でも感じたかのように反射的に引っ込めた。

「冷たくてびっくりしました？　腐敗が進まないように、さっきまでドライアイスを使ってましたからね。それでもちょっと臭いはじめたんで、そろそろ限界かなと思っていたところです。そしたら塚田さんが明日から工場に来ないなんてことになった。それで今日、光川さんをここまで引っ張りだしてきて、終わらせてしまうことにしたんです」

「終わらせる?」

「この茶番をですよ。塚田さんだっていい加減終わりにしたいって思ってるでしょ。楽になりたいって」

そう言うなり、篠島は手にした鉄パイプを振るった。側頭部を殴打された恵里が壁際まで吹っ飛ぶ。

「斎藤さん!」

塚田が倒れた恵里に駆け寄る。額から血を流している彼女は意識を失っていた。

その間に篠島は足下に置いてある布を手に取った。工場で常用しているウエスだ。それを蓋を取った溶剤の一斗缶の口に差し込んだ。

何をしようとしているのか、塚田にはすぐわかった。

「おい、やめろ」

「やめますよ。これで最後です」

ポケットからライターを取り出した。それを見た瞬間、塚田は篠島に飛び掛かった。が、彼を捕まえる前に鉄パイプで足を払われ横転した。向こう脛《ずね》を打たれた痛みに息が詰まる。

「さようなら、塚田さん」

ライターの炎をかざすと、油を含んだウエスはたちまち燃え上がる。

篠島はその火を見つめていた。

表情がない。

塚田のほうを見て、口を開いた。

「うわん……うわん……くわぅ」

そして倉庫から出ていった。

塚田は懸命に立ち上がろうとした。しかし体重をかけようとすると殴られた脛に激痛が走った。

「斎藤さん！」

呼びかけても恵里は動かない。ウエスは篝火《かがりび》のように燃えさかっていた。もうすぐ溶剤に火が付く。そうなったらこの倉庫は一気に火の海になるだろう。

「斎藤、さん！」

もう一度呼びかけた。

「斎藤さん、起きて！」

声をかけながら自身も壁に寄りかかり、片足だけで立ち上がった。

その視界に赤いものが見えた。「消火器」と書かれたプレートだ。片足飛びでそちらに向かう。しかしあるのはプレートだけで、消火器本体はなかった。篠島が前もって捨てたに違いない。

「……くそっ！」

毒づきながら燃えているウエスに向かう。足を気にしている余裕はなかった。痛みに立ち止まってしまう前に一斗缶に辿り着き、素手でウエスを引き抜く。指が焼かれる痛みを堪え、床に叩きつけて足で踏む。炎は往生際悪く燃えさかっていたが、何度も踏みつけているうちに消えた。

気が付くと殴られた足で消火していた。痛みはあるが、どうやら骨まではやられていないようだ。塚田はウエスの隅々まで踏みつけて火が消えたことを確認すると、安堵の溜息をついた。

恵里はまだ倒れたままだった。だが指先が動いている。意識を取り戻しつつあるようだった。

「斎藤さん、しっかり」

呼びかけながら近付こうとする。そのとき、背後で破裂するような音がした。

振り返ると、一斗缶の口から炎が上がっている。

「……なんで……？」

混乱する頭の中で誰かが叫んだ。手遅れだったんだ、逃げろ。

恵里を抱き上げるとドアに向かう。足には力をかけられないし恵里もぐったりしたままだったので、文字どおり這《は》うようにして引きずっていくしかなかった。

一斗缶からは勢いよく火が噴き出している。缶が破裂して炎が飛び散るのも時間の問題だ。塚田は歯を食いしばって這っていく。

やっと辿り着いてドアレバーに手を掛けた。

ドアが開かない。向こう側で何かがドアを押している。

「おい、開けてくれ！　危ないんだ！　おい！」

ドアを叩き、叫ぶ。しかしドアは動かない。

「何やってるんだ⁉　逃げなきゃ危ないんだよ！」

足下に倒れている恵里が動いた。うっすらと眼を開け、殴られた頭を押さえる。

「斎藤さん！」

「……あ……わたし……頭痛い……」

「そんなことより手伝って！」

「……え？」

「ドアを押して！　逃げるんだ！」

恵里は振り返る。眼にしたのは炎ではないようだった。

「ミッちゃん……ミッちゃん……！」

譫言《うわごと》のように言いながら部屋の真ん中に戻ろうとする。塚田はその襟元を無理矢理引っ張った。

「彼のことは後！　ここから逃げるんだ。もうすぐ爆発する！」

燃える一斗缶にやっと気付いたのか、彼女は悲鳴をあげた。

「手伝って！」

「あ……はい！」

恵里も一緒にドアを押した。

「どうして開かないの⁉」

「知らない。とにかく押して！」

かすかにドアが動く。しかしそれ以上はぴくりともしなかった。

「くそおっ！」

顔を真っ赤にして押しつづける。恵里も懸命に力を合わせたが、ドアは動かない。もう限界か、と塚田が諦めかけたとき、不意にドアが開いた。勢い余ってふたりとも外に転がり出る。

「痛っ……」

床に突っ伏した塚田が呻きながら顔を上げると、目の前に靴が見えた。咄嗟《とっさ》に飛び起き、身構える。しかしそこに立っていたのは篠島ではなかった。

「……徳井……」

「おまえらも早く逃げろ！」

ドアを塞いでいたらしい工具棚を蹴り倒すと、徳井はそう言っただけで、姿を消した。

「おい……」

走り去っていく彼を呼びとめようとして、そんな余裕などないことを思い出す。一緒に倒れている恵里を立たせ、階段に向かって歩きだした。

そのときになって気付いた。臭いがおかしい。先程までの溶剤のものではない。何か焦げているような臭いがする。

ドアを開けたとき、その理由がわかった。煙が漂っている。

そこから一階が見下ろせた。どこからか流れてきた煙のせいで視界が霞んでいるが、製造ブロックにいた社員たちが逃げまどっているのが見えた。

「この煙……」

意味はすぐにわかった。「篠島の奴、他にも火を付けたのか」

恵里が咳き込んだ。樹脂の燃える強烈な悪臭が迫ってくる。

「早く逃げ――」

鈍い爆発音がした。出てきたドアが爆風で弾《はじ》け、塚田と恵里を撥ね飛ばした。

塚田は廊下の端から階段に飛ばされ、踊り場まで滑り落ちた。顔も胸もしたたかに打ちつけられた。

意識が、途切れた。

28

これで終わりだ。すべては炎が浄化する。

愚かな者たちもすべて消え去る。

そして僕はうわんやっと本来の自分に戻ることができる。知的で生産的な仕事をすることができうわんのだ。

炎が上がっている。この輝きはうわんうわん希望だ。狂ったこの工場を焼き尽くし、灰にする。

そして焼け野原からまた再生が始まうわん、うわんうわんうわんうわんうわんうわんう

わんうわんうわんうわんうわんうわんうわんうわんうわんうわんうわん……くわぅ……。

29

「塚田さん！」

声に叩かれ、かろうじて気を失わずに済んだ。気力を振り絞って起き上がる。全身が痛んだ。

「塚田さん、大丈夫ですか」

恵里が手摺りに寄りかかりながら下りてくる。頬のあたりが血に染まっていた。

「ねえ、この工場、どうなってるの？」

「状況はわからない。ただ、ここから逃げたほうがいいのはわかる。すぐに――」

また爆発音。工場の天井が一瞬明るく照らされる。

「急ごう」

塚田の言葉に恵里は頷き、一緒に歩きだした。

一階は混乱の極みとなっていた。

「みんな外へ！　早く！」

誰かが叫んでいる。だが外に出るドアには人が密集していて身動きできない状態になっていた。

「搬出口だ。あっちなら出口は広い」

塚田は恵里の手を引いて走りだす。しかしすぐに、その足は止まった。炎の勢いがすごくて先に進めないのだ。

「閉じ込められたか。くそっ」

「どうしましょう?」

塚田の決断は早かった。「こっちへ」

先程とは別の階段を駆け上がり二階へと向かう。

「危ないですよ!」

「大丈夫。こっちにはまだ火が廻っていないから」

検査室の前を通り、増設中の製造ブロックを抜けて廊下に出る。その先に裏階段があった。

「ここを下りて資材倉庫に行けば、そこにも出入口がある」

「え? そうなんですか」

「普段ほとんど使われてないから忘れられてるけどね」

倉庫に人の姿はなかった。まだ火の手もこちらには伸びていない。積み上げられた折りコンの向こうにドアがある。

「斎藤さん、大丈夫？」

「はい。塚田さんこそ、怪我は？」

「いっぱい怪我してるみたいだけど、痛がるのは外に出てからにするよ。とにかく――」

風を切る音。一瞬の間で塚田は身を退いた。後ろにいた恵里にぶつかって倒れそうになる。かろうじて体勢を保つと、恵里を庇いながら後退《あとずさ》った。

「……篠島……？」

たしかに彼だった。だが、彼ではなかった。

鉄パイプを振り上げてこちらを見ている。しかしその眼に光はなく、表情も消えていた。

その顔。工場の窓で、車の陰で眼にした、あの顔だ。

「あんたが、あの化け物……」

いや違う。眼にしたあれはずっと小さかった。ずっと……そう、猿みたいに。

「あんたが……工場中に火を付けたのか」

篠島は答えない。鉄パイプを構えたまま、ゆっくり近付いてくる。

「やめろ。もうやめてくれ。あんたはエリートだったろ。こんな馬鹿なことをする人間じゃなかったはずだ」

説得しても無駄なことはわかっていた。それでも一縷《いちる》の望みは捨てられない。

「頼む。斎藤さんも怪我をしてるんだ。外に出してやってくれ」

篠島は知らない国の言葉でも聞いたかのように首を傾げる。その仕種には知性がまるで感じられなかった。

「やめてくれ――」

言い終わる前に鉄パイプが振り下ろされた。右肩に鈍い痛みが走る。塚田はその場に転倒した。

「塚田さん！」

取りすがろうとする恵里を押し退《の》ける。次の瞬間、また鉄パイプ。今度は左の脇腹を打ち据えられ、呻き声をあげて床を転がった。

視界の隅に恵里が床に座り込んでいるのが見えた。

「逃げろ……！」

声にならない声で怒鳴る。

篠島が恵里に近付いていく。

「……やめて……」

泣きながら恵里が呟く。

「……やめて……お願い……」

鉄パイプが振り上げられた。塚田は自分が何をしようとしているのか考える間もなく、起き上がって突進した。

肩に衝撃。かまわず突き進む。篠島を抱きかかえるようにして恵里から引き離そうとした。が、何か強い力に引っ張られた。塚田は篠島もろとも床に倒れ込む。右耳のあたりをしたたかに打ちつけ、意識が歪んだ。

「……っ！」

痛みに呻く。それでも相手の体は放さない。無我夢中で抱きしめたまま床に押しつけようとした。

「塚っちゃん！」

恵里の声に気を取られた刹那、篠島がものすごい力で塚田の腕を引き剝がし、突き飛ばした。

塚田の体は積み上げられたパレットに突っ込み、派手な音を立てた。

痛い。痛い痛い痛い。全身の痛みに体が膨れ上がる。逃げたい。もうやめてくれ。そう懇願しながらも塚田は、ふらふらと立ち上がった。

逃げる。なんとしても逃げ出すんだ。

恵里が縋ってきた。強く抱きしめる。

目の前に篠島が立っていた。

「うわん……」

その口から、声とも響きとも取れない音が洩れだす。

「うわんうわんうわんうわんうわんうわんうわんうわんうわんうわんうわんうわんうわんうわんうわん……くわぅ……!」

彼の口から舌が飛び出した。

いや、舌ではない。

「……笹……?」

紡錘形《ぼうすいけい》の緑の葉が、まるで成長していくように噴き出してくる。そして仁王立《におうだ》ちする篠島の体を取り巻き、包み込んでいった。

「何なの? あれ、何なの?」

恵里が腕の中で怯えている。塚田は何も言えない。ただ見ていることしかできない。

笹はたちまちのうちに篠島の体を隠し、更に広がっていく。床を這い、柱や作業台、フォークリフトを覆いはじめる。

それは、ふたりの足許にも近付いていた。そのことに気付いて、塚田はやっと我に返る。

「……逃げろ！」

恵里を出口ドアに向かって突き出した。彼女は一瞬振り返ったが、その眼が恐怖に見開かれる。塚田は自分の背後に何かがいることを覚った。自分も振り返りそうになるのを必死に堪え、走りだした。

恵里がドアを開け、外に出る。ドアを押さえて塚田を待っている。

「塚っちゃん、早く！」

塚田は走った。ドアの向こうには明かりに照らされた駐車場が見えた。恵里が待っている。走った。

いきなり足首を摑まれた。前のめりに倒される。

振り返って、思わず悲鳴をあげた。足に笹が絡みついている。

「くそっ！」

引きちぎろうとしたが、笹の茎は強くて、びくともしない。それどころか体が工場内へ引き戻されていく。黒煙の合間に炎の赤い舌がめらめらと揺らいでいるのが見えた。

足に絡んでいる笹を摑み、思いきり引っ張る。掌が切り裂かれ葉が千切れても茎は縄のように縒《よ》り合わさって塚田の抵抗を無にしていた。

ずる、とまた体が引っ張られる。笹は腹のあたりから胸、そして首筋にまで這い寄ってきた。

「やめ……やめてくれ……！」

叫ぶ塚田の耳許を這う笹の葉が、うわん、と震えた。彼の眼を覆った。

鼻の奥に抜ける笹の匂い。その刺激に塚田は体を何かが突き抜けていくような感覚を覚えた。そして、一瞬で視界が開けた。

そこは一面の緑だった。穏やかな風に、葉が歌うように揺れている。朝陽か夕陽か、赤みを帯びた陽光が降り注いでいた。

自分が少し高いところからその光景を見ていることに気付いた。景色が滑るように動いていく。

笹原の真ん中に、何かいた。

笹に埋もれて茶色い毛に覆われた頭頂部しか見えない。それは笹を掻き分けながら進んでいた。

一番高いところに来ると、それはいきなり飛び上がった。全身が見えた。猿だ。大きさはニホンザルに近い。しかしその顔は……。

「立って！」

急な呼びかけが視界を砕いた。誰かが手を掴み、引っ張った。

「立ってってば！」

その声に意識が甦る。全身に笹を纏《まと》ったまま、立ち上がった。動ける。顔を覆う葉を振り払った。

「こっち！」

言われるまま走りだす。ドアを抜け、夜の中に飛び込んだ。

またも転倒。しかし今度は少しだけ受け身が取れた。すぐに立ち上がる。

「大丈夫？」

声に振り向くと、恵里がいた。泣きそうな顔をしている。

「ねえ、聞こえてる？　大丈夫？」

「……ああ、なんとか。斎藤さんは？」

「いっぱい怪我した。体中痛い」

そう言いながら塚田の体に巻きついている笹を一緒に取り払ってくれた。

「俺は、どうして助かったんだ？」

尋ねる塚田に、恵里は地面を指差した。防災用の赤い斧が落ちている。

「消火器と一緒に置いてるのを思い出したから」

「君が笹を切り落としてくれたのか。ありがとう。感謝す――」

鈍い爆発音がした。

「話している暇はない。逃げよう」

ふたりは駆けだした。工場前の坂道を駆け下り、隣の市村《いちむら》金属の工場にまで辿り着いたとき、そこに逃げ出した社員が固まっているのが見えた。

「おい塚田！」

声をかけられる。徳井だった。顔が煤《すす》で真っ黒になっている。

「無事だったか」

「なんとかな。工場は――」

振り向いた塚田は言葉を失った。

工場全体が黒煙と炎に包まれている。

「こりゃあ……どうしようもないな」

誰かが言った。

「どうする？　ラインが止まるぞ」

こんなときにまで、それか。塚田は怒鳴りそうになる。

サイレンの音が聞こえた。赤いランプがいくつも連なって近付いてくる。

「早く消して！」

また誰かが叫んだ。

「工場に誰か残ってないか」

顔は見えないが前野の声だった。

「わからん。自分が逃げ出すのに精一杯だった」

応じたのは多分、本島だ。

「人死にが出そうだな」

塚田は溶剤置き場で見た光川の死体と、笹に巻きつかれていく篠島の姿を思い出し、きつく眼を瞑った。

そのとき、また爆発音がした。目の前の工場ではない。後ろだ。

振り返ると違うところから火の手が上がっていた。

「あそこ……嵯峨野精機の工場じゃないか」

誰かが言った。

「あそこまで火事なのか……一体どうなって——」

更に大きな爆発音。目の前の市村金属の建屋が爆発した。ちょうどそのあたりを走っていた消防車が横転した。

「逃げろ！」

塚田は恵里の手を摑んで走りだした。

「ここはもう、駄目だ。みんな、駄目なんだ」

あちらこちらから火の手が上がる。各工場の従業員たちが悲鳴をあげながら飛び出してくる。いつもは貨物トラックが通る道路が人で埋めつくされた。

眼を刺す煙と悪臭。耳を聾する怒号と爆音とサイレン。

もう、駄目だ。

絶望感に駆られながら、それでも塚田は走った。

走った……走った……。

二〇一七年　夏

「――あの日の同時多発火災によって喜里工業団地の半分、約七十ヘクタールが焼失しました。死者十五名。負傷者百四十八名。負傷者の中には私も塚田さんも入ってます」

「お互い、よく生き延びたと思うよ。幸運だったな」

「いえ、運だけじゃありません。塚田さんが助けてくれたからです。でなければ、今頃私は……ミッちゃんと運命を共にしてました」

「俺だって君の機転がなければ、笹に絡まれたまま命を落としていたはずだ。感謝している」

「じゃあ、お互いに命の恩人同士ってことで」

塚田は軽く会釈した。そのとき、相手が手にしている鉛筆に気付いた。

「今でも、その鉛筆を使っているんだね」

「あ、これですか。ええ、ずっと使ってます」

「理科のテストで百点取ったときの鉛筆だったな。『これは、わたしの夢の鉛筆だと思ってました』って言ってたよね。君のその夢乃鉛筆というペンネームも、それが由来なんだろ？」

「よく覚えてましたね」

夢乃鉛筆――斎藤恵里は微笑んだ。

「今は原稿のほとんどをパソコンで書いてます。でもこうしてメモを取ったりアイディアを書き出すときには、このブランドのものを使ってます。今でも私の夢を紡いでくれる鉛筆です」

恵里は自分の鉛筆を見つめていたが、気を取り直したように言った。「すごかったですよね、あの会社」

「何のことだ？」

「飯野電気ですよ。喜里工場が全焼しちゃったのに、翌々日から焼け残った金型とかを他の工場に移送して製造を再開してしまったんだから」

「ああ、あのときは橘工場長の辣腕《らつわん》ぶりが遺憾《いかん》なく発揮されたからな。下請けだけでなく取引のなかった部品メーカーにまで手伝わせて」

「そして結局、得意先のラインは止めなかったんですよね」

「正確には止めないようアスカとかにも根回しをして車の製造台数を調整してもらったんだ。あそこまでやれるひとだとは思わなかった」

「私、飯野電気の社長になった頃の橘さんにインタビューしたことがあります。私があそこに勤めていたことは隠してましたけど、すぐに気付かれました」

「へえ」

「塚田さんのことも覚えてましたよ。あのまま会社に留まってくれていたら右腕になってくれただろうにって」

「ふん、食えないひとだ」

塚田は笑った。

恵里も微笑んだが、すぐに表情を引き締めた。

「話を戻します。それで、一体あれは何だったんですか」

「わからないよ。謎だ」

塚田は言った。「あの日、工業団地の複数の箇所から同時に出火した。どれも不審火だ。当時はまだテロという言葉は一般的じゃなかったが、三菱重工爆破事件みたいな過激派による無差別放火じゃないかと疑われた。火災に遭った工場のひとつで労働争議が起きていたという話もあったしな。しかし確実な情報はなくて、結局真相はうやむやのままだ」

「でも、私たちは知ってます。一部だけですけど」

恵里が言う。「少なくとも飯野電気の火災は、篠島俊行による放火だった。そのことは警察にも話しました。他社の工場でも従業員の誰某《だれそれ》がやったという話は出ていました。でもどれも確証はなくて、しかも容疑者がみんな焼死しているので、それ以上捜査も進まなかった。各工場の容疑者同士にも何の関連も見つかりませんでしたしね」

「結局、迷宮入りだよ。誰にも真相はわからない」

「でも、塚田さんは知ってますよね」

恵里は塚田を見つめた。「私も見ました。篠島を包み込んだ笹が、塚田さんも襲ったところを。笹がまるで食虫植物みたいに人間を捕まえたんです。あんなこと、あるわけがない。でも、たしかにあった」

「それこそ、俺たちにわかることじゃないよ。笹が人間を襲うなんて他では聞いたこともないしな。そもそも笹は蔓性《つる》じゃない。あんなふうに茎を絡ませるなんてあり得ない。何かの間違いだ」

「間違いなんかじゃありません。塚田さん自身が一番よく知っているでしょ」

恵里はそう言うと、空になった塚田の茶碗にポットの烏龍茶を注いだ。

「あの夜、塚田さんは少しだけ私に話してくれました。笹に包まれて呑み込まれそうになったとき、何かを見たって」

「見たような気がしただけだ。あれはきっと気が動転していたときに見た幻想だろう」

「幻想でもいいです。見たものを教えてください」

塚田は注がれた茶を少し啜り、息をついた。そして言った。

「笹っ原──地元のひとたちは、あのあたりをそう呼んでいた。本当に笹しかない場所だ。でも本当は笹以外にもうひとつ、別のものがあった」

「それは、何ですか」

「わからない。見た目は猿に似ていないこともないが、生き物なのかどうかもはっきりしない。ただ〈存在〉としか言えないものだ。それはずっと、あそこにいた。ただいるだけのものだった。たったひとり、いや一匹か、同じような存在に出会ったこともない。ずっと、いた……なんか、同じことを繰り返し言ってるだけだな」

「それでいいです。塚田さんが見たこと、思ったことを教えてください」

「わかった。そいつにとってあの笹っ原は安住の地だった。誰もそこには近付けさせなかった。そのために笹で自分の領域を顕《あらわ》していた。他のどんな動物も植物も、あそこには近付かなかった……人間以外は」

窓の外に視線を移す。「人間ってのはすこぶる鈍感なものらしい。この世界は自分たちが利用するために在ると思い込んでいて、他の存在を気にすることがない。彼らが必死に抗議しても、無視して踏みにじる。そうやって発展してきたんだ。だから笹っ原にいた〈存在〉も、あっさりと領域を奪われた。それでも〈存在〉は消えなかった。そこに在りつづけ、領域を奪還するための力を蓄えつづけていた。それがある域に達したとき、あの事件が起きた」

「その〈存在〉は、人間の精神に攻撃を仕掛けてきたんですね。だから篠島は、おかしくなった」

恵里は自分のノートを広げて、「調べてみたんですけど、篠島俊行の家庭はなかなかのエリートでした。父親は官僚で母親は大学教授。教育にも熱心で彼は子供の頃から厳しく躾《しつ》けられていたということです。彼が言ってたような家庭内暴力が本当にあったのかどうか、わかりません。彼が籍を置いていたテクニクシーという派遣会社――今は他の会社と合併を繰り返して存在してませんが――に勤めていた同僚から話を聞いたんですが、篠島は頭脳明晰で人当たりも良く、優秀な人間だったそうです」

「ああ、優秀だったよ」

「でも、彼は塚田さんの言う〈存在〉に操られた」

「操るなんて具体的なことはしなかっただろう。ただ、心の隅にあるものを刺激しただけだ。篠島で言えば、エリート意識と飯野電気での待遇への不満とか。それが最大限悪いほうへ向かってしまった。それに」

と、塚田は恵里を見つめて、「篠島だけじゃない。光川も氏家課長も、そして俺も、みんな〈存在〉の影響を受けていた。だからあんなことになった。人間の心なんて脆弱《ぜいじゃく》だ。ちょっとつつかれただけでも、たちまち倒れ込む。それがドミノ倒しみたいに次々と伝播していったんだ。それを防ぐには、ひとりひとりの心を強くするしかない」

恵里は塚田の視線を真っ直ぐに受け止めていたが、ふと目許を緩ませて、

「塚田さんが今の仕事――仕事っていうのも変ですかね――を始めたのも、そういう気持ちがあったからですか。それとも、亡くなったひとを弔うためでしょうか」

と尋ねてきた。塚田は少し考えてから、

「それは、あるとも言えるし、ないとも言えるな。もともと仏教には関心があった。高校時代はその手の本を結構読んでいたからね。大学は理系に行ってエンジニアを目指したが、結局あんなことになった。もう同じ道には進みたくなかったから仏教系の大学に入り直して勉強することにした。そのときも僧侶になるつもりなんかなかった。こうなったのも、成り行きだよ」

塚田はそう言うと、着ている作務衣《さむえ》を叩いてみせた。

「今ではこの町の小さな寺の住職だ。といっても檀家《だんか》さんが少ないから、平日は小さな会社に勤めて、週末だけ坊主の仕事をしている。それだけじゃ心許なくて『お坊さん手配』の仕事もときどきやってる」

「『お坊さん手配』ってインターネット上で僧侶を依頼するってやつですか」

「そうだ。呼ばれてあちこちに派遣されていくんだ」

そう言ってから、塚田は思わず笑った。

「篠島の言ったとおりだな」

「え？」

「彼が言ったんだ。『あなただって、いずれは派遣社員になる』って。予言どおりだな。まさかこんな形で実現するとは思わなかったが。坊さんとは名ばかりの、しみったれた人生だよ」

しばらく笑ってから、あらためて塚田は言った。「ただ、あの事件で亡くなったひとたちのことを忘れたことはない。氏家課長も高村課長も崎村課長も中本係長も光川も、そして篠島も。毎朝、彼らに手を合わせている」

「私もです。今となってはミッちゃんと結婚しなかったのは正解かもしれないけど、それでも彼のことを忘れません」

そう言ってから、恵里は表情を引き締めた。

「私は塚田さんとは逆に、篠島の予言どおりにはなりませんでした」

「君も彼に何か言われたっけ？」

「最後のときに、あのひとが言ったんです。『あなたには若さしかない。歳を取れば誰からも眼を留められなくなる。一生惨めな人間として生きていかなければならない』って。飯野電気を辞めた後、実家を出て必死になって勉強して今の仕事をするようになったのも、あのひとの言葉に逆らうためでした。せっかく助かった命なんだから、そんなふうに一生を終わらせてなるものかって。その気持ちだけで今日まで生きてきたようなものです」

「なるほど、あいつが起爆剤だったんだな」

「だからって、感謝はしませんけど」

そう言って、恵里は微笑んだ。

「そうそう、あれから喜里工業団地がどうなったかご存じですか」

「さあ。間もなく飯野を辞めてしまったから、詳しくは知らないんだ」

「すぐに焼失した工場の再建が始まるはずだったんですが、運の悪いことにバブル崩壊による景気低迷の波を、どの会社もかぶることになりました。結局工場を建て直した会社はなくて、焼けなかった工場も次々と閉鎖に追い込まれました。喜里工業団地は消滅です」

「飯野も工場を建て直さなかったんだよな」

「正確には国内には建てませんでした。その代わりタイに新しい工場を建てて、海外向けに生産しています。今は電子部品を主力にして、手広くやってますよ」

「あれから、何もかも変わったということか」

「変わりました。もうあの頃の日本は、どこにもありません」

そう言うと恵里は、脇に置いていたバッグからタブレット端末を取り出した。

「今、喜里工業団地がどうなっているか、ご覧になりますか」

ディスプレイを操作して、塚田に渡す。地図ソフトの航空写真が表示されていた。

「これは……」

塚田は言葉を呑んだ。

そこに映し出されているのは、一面の緑だった。他には何もない。

「……笹、か」

「先週、久しぶりに跡地を見てきました。一面、笹でした。元の笹っ原に戻ったんです」

塚田はディスプレイから眼が離せなかった。静止画のはずなのに、笹の葉が風に揺れているような気がした。

そして耳許に、あの音が聞こえた。

うわんうわん、うわん……。

二〇一七年　夏

参考文献

『バブル・エイジ』小林キユウ（ワニブックス）
『特集アスペクト19 バブル80'Sという時代』（アスペクト）
『1990年大百科』（宝島社）
『トヨタ生産方式の生成・発展・変容』佐武弘章（東洋経済新報社）
『トヨタ「かんばん」方式の秘密』斉藤繁（こう書房）

本書は書き下ろしです。

太田忠司《おおた・ただし》

一九五九年生まれ。
愛知県名古屋市出身。名古屋工業大学卒業。
八一年「星新一ショート・ショートコンテスト」で「帰郷」が優秀作に選ばれる。
九〇年『僕の殺人』で長編デビュー、専業作家となる。
「狩野俊介」シリーズ、「新宿少年探偵団」シリーズ、
「京堂夫妻」シリーズ、「月読」シリーズ他、著書多数。

猿神

二〇二〇年八月二五日　第一刷発行

著者　太田忠司
発行人　見城徹
編集人　志儀保博

発行所　株式会社　幻冬舎
〒一五一-〇〇五一　東京都渋谷区千駄ヶ谷四-九-七
電話　〇三-五四一一-六二一一(編集)　〇三-五四一一-六二二二(営業)
振替　〇〇一二〇-八-七六七六四三

印刷・製本所　中央精版印刷株式会社

幻冬舎ホームページアドレス https://www.gentosha.co.jp/
この本に関するご意見・ご感想をメールでお寄せいただく場合は、comment@gentosha.co.jpまで。